contents

装画　いとうあつき
装丁　bookwall

一　セレブリティ

1

「ウチのバンチちゃんは本当に大丈夫なんでしょうか」

目の前の中年女性は、まるで今まさに入院する愛息を見送るような面持ちでいた。

「ママ友が、やっぱりイタリア旅行にニャンちゃんを連れて行ったんだけど、向こうの空港に到着したら可哀そうに死んでいたって。それを思い出したら、わたし心配で心配で」

営業スマイルを貼りつけたまま、蓮見《はすみ》咲良《さくら》は内心で鼻白む。チェックインカウンターの仕事をしていれば必ずこういう客に出くわす。

「この同意書にはご署名いただきましたよね」

咲良は同意書のひな形を掲げてみせる。

『同意書 CONSENT AND RELEASE
(手荷物・ペット用 /BAGGAGE・PET)

私は下記貴社航空便による私の手荷物・ペットの運送に当り、当該運送中に発生した下記損害について貴社に一切ご迷惑をおかけいたしません。

1. 私の手荷物（タグ　No.　　　）に含まれている下記物品の紛失・毀《き》損《そん》又は引渡しの遅延
2. 私のペットの死傷』
「確かに書いたことは書いたけど」

「納得してお書きいただけたのなら、よろしいかと存じます」

「同意書を書いたからには、バンチちゃんが命を落としても責任は取らないっていうのね」

「フライトのスタッフはお客様の安全とお荷物の保全に万全の注意を払っています」

咲良が言葉を重ねても、中年女性は納得する素振りも見せずに不安を言い募る。

ペットは「モノ」として分類され貨物室で過ごすことになるが、空調機で温度や湿度を管理しているので外因で体調を崩すことはない。ただし貨物室はエンジン音が大きく響き、気圧も変化するので、ストレスを感じることもある。だから航空会社では仔犬《こいぬ》や老犬、その他ブルドッグなど短頭種の持ち込みを認めていない。しかし、それほどペットの体調が心配ならペットホテルに預ければいいではないか。モノ扱いとは言え、ペットの運賃は一区間あたり一ケージ六千五百円と決して安くない。

「貨物室と言っても条件は客室と全く同じです。出発ぎりぎりまでバンチちゃんと遊んであげてはいかがでしょうか」

搭乗手続き終了の時間が迫ってくると、ようやく中年女性は矛を収めてカウンターから離れていった。

だが安心したのも束の間、今度はカバンを提げた白髪交じりの男性が駆け足でやってきた。

「矢島《やじま》だ。手続きしてくれ」

男は名前を告げただけでこちらの対応を待っている。何かのジョークかと思ったが、落ち着きのなさからして本気らしい。

「お客様、チケットを拝見できませんでしょうか」

「あん？　タカダ物産の矢島だよ。名前ですぐ手続きできるだろ」

「お名前だけではちょっと」

「月イチで乗ってるんだ。名前と顔はスタッフ間で申し送りされているだろ。もう搭乗手続きが終わる時間だ。早くしてくれ」

「申し訳ありませんが、ヤジマ様。お顔とお名前ではなく予約番号で登録しておりますので、チケットの呈示をお願いいします」

男の顔は焦燥から憤怒《ふんぬ》へと変わる。

「時間、ねえんだよ」

「ええ。ですからお早くお願い致します」

「だから名前で分かるだろ。や、じ、ま、こ、う、い、ち、だ」

「恐れ入ります。当社での予約は例外なくアルファベットと数字の組み合わせ番号で登録されておりますので、お名前では照合できかねます」

男の顔に赤みが増す。すわ激昂《げきこう》でもするかと咲良は身構えたが、男は歯を剝《む》いてカバンの中を漁《あさ》り始めた。レシートの束、おしぼり数袋、ファイル、ヘッドフォン、タブレット端末、ボールペン等々が出るわ出るわ。どうやら何でもかんでも適当に放り込んで、搭乗チケットの在り処《か》が分からなくなっていたらしい。

ようやく捜し当てたようで、男はくしゃくしゃになったチケットをカウンターに投げつけた。

「ほらよ」

咲良は笑顔を崩さぬまま、記載されている番号を打ち込んで予約状況を確認する。

「ありがとうございました。確認が取れました」

「最低の対応だな。クレームを覚悟しておけよ」

「いってらっしゃいませ」

既に当該機の搭乗が始まっており、男は振り返ることなく保安検査場へと急ぐ。

この手の客も珍しくない。カバンの中に紛れ込んだチケットを捜すのに往生したのは事実だろうが、それ以前に自分が顔パスでチェックインカウンターを通過できる人物であるのを確認したかったに違いない。幼稚な承認欲求だ。念のため、顧客リストを検索すると男のプロフィールが表示された。

『氏名矢島紘一《こういち》、勤務先タカダ物産、クラスサファイア　執拗《しつよう》なクレーマー　レベルC』

仲間内での申し送りで要注意人物であると分かる。しかしブラックリストに載せるほどではない。

各航空会社によって規定は異なるが、咲良の会社では旅客運送約款第16条に抵触したケースをブラックリストに登録している。いくつか例を挙げれば次の通りだ。
・飲酒などで他の客に迷惑をかける。
・地上職員や客室乗務員の指示に従わない。
・機内迷惑行為。

更に機長の指示に従わず迷惑行為を継続した場合は処罰対象となり、運送を拒否する。いずれにしても矢島のような振る舞いをする人物は情報共有しておくべきだろう。咲良は今のやり取りを記録として打ち込んだ。

咲良が成田《なりた》空港のGS（グランドスタッフ）として働き始めて、もう五年になる。元々はCA（キャビンアテンダント）に憧《あこが》れて入社したのだが、身長が規定に四センチ足りないという理由だけで地上勤務に回された。

意に染まない配置ではあったが、従事してみれば地上勤務も刺激的な仕事だった。毎日がトラブルの連続だったが、解決や回避を繰り返すうちに経験値が上がっていくのが楽しかった。だが地上勤務をひと通りこなせるようになると、新鮮な経験よりも不快な経験の方が目立ってくる。４勤２休の職場環境はともかく、接客で心を削られることが多過ぎる。

小休止の時間がきたので交替してカウンターを離れる。向かう先は休憩室だ。

成田空港に勤めてよかった点の一つは職員用の休憩室が充実していることだ。羽田《はねだ》空港は部屋の数が少なくスペースも狭い。スペースが狭いということは仲の悪い同僚や煙たい上司と顔を合わせる確率が高くなるのを意味しているので、精神衛生上よろしくない。休憩室は広いのが正義だ。しかも休憩ソファーは深く沈む。

休憩室に飛び込んだ咲良は、まずハイヒールを脱ぐ。長時間の立ち仕事の上、重いスーツケースを持ち上げることも多く常に足は痛む。巻き爪や靴擦れもしょっちゅうで地上勤務の職業病のようなものだ。

咲良が備え付けの自販機で買った微糖コーヒーをひと口啜《すす》っていると、同期の山吹千夏《やまぶきちなつ》が苛《いら》立《だ》った様子で現れた。

「お疲れ」

「お疲れ」

千夏は自販機でコーラを買うと、腰に片手を当てて豪快に中身を呷《あお》る。千夏がこの飲み方をするのは決まって何かのトラブルに遭遇した時だ。

「荒れてんねえ、山吹」

「今日のはまだ大したことない」

「シフト、第二のラウンジだったよね」

咲良の会社ではビジネスやファーストといったアッパークラスの乗客のためにラウンジを用意している。咲良や千夏たちはシフトを組んでラウンジでの接客も務めているが、アッパークラスの客だからといって人間が上等とは限らない。咲良自身、ラウンジで嫌な思いをしたのは一度や二度ではない。

「何があったの。ま、大体見当つくけどさ」

「ナリタ建設のクソ野郎がさ。ラウンジのワインをしこたま飲んで泥酔してやんの」

仲間内では『ナリタ建設のクソ野郎』だけで話が通じる。一部上場企業の課長で週に一度はラウンジを利用する男だ。

「酔っ払うだけならまだしも、わたしに絡んできたのよ。酒を注げとかCAを紹介しろとか。絶対、ホステスか何かと間違えてる」

「最悪。でも、あいつに絡まれてよく逃げられたね」

「助けてくれたのよ、あの山崎《やまざき》さんが」

咲良は即座に山崎の顔を思い出す。仲間内では『ナリタ建設のクソ野郎』よりも有名で、その素性は広域暴力団の幹部だ。だが決して強面《こわもて》の男ではなく、むしろくたびれたサラリーマンの見てくれだ。反社会的勢力の一人には違いないが、ラウンジでは借りてきた猫のようにおとなしく礼儀正しいので咲良たちから気に入られている。

「運よく近くの席に座っていてさ、間に入って『タダ酒で酔いなさんな、みっともねえ』ってひと声。いやあ、あの人、あんなドスの利いた声出せるんだ。クソ野郎、尻尾《しっぽ》を巻いて逃げていった」

千夏はせいせいしたように言う。

「ヤクザ屋さんを褒める訳じゃないけど、ことラウンジに限っては一部上場企業の課長の方が反社会的よね」

事情を知らぬ者が聞けば目を剝くような話だが、咲良は頷《うなず》かざるを得ない。先刻のヤジマといい『ナリタ建設のクソ野郎』といい、ラウンジで態度が横柄だったり狼藉《ろうぜき》を働いたりする者は、決まって会社の経費で出張しマイルを貯めて悦に入る社用族ばかりだ。いい大人が恥ずかしいと思うが、SNSに向かって吐き出す話でもないので同僚相手に愚痴をこぼすに止《とど》めている。

「賭《か》けてもいいけど、ああいう人たちって、自分のおカネじゃ絶対にファーストクラスに乗らないよね」

「でも山崎さんが居合わせたからよかったものの、本当ならお巡りさんに対応してもらうべきだったんじゃないの」

「警察って」

千夏は馬鹿馬鹿しいというように肩を竦《すく》める。

「ここの警察が全然あてにならないのは、蓮見だって知ってるでしょうに」

成田空港には第1、第2ターミナルに三カ所ずつ、そして第3ターミナルにも一カ所、成田国際空港警察署の詰所がある。結構な密度だとは思うものの、民事不介入の原則からか客とのトラブルには一切関わろうとしない。そうした事情から咲良たちGSの間では役立たずと見做《みな》されているのだ。

「そう言えばさ、山吹。空港警察、今日から新しい署長さんが赴任するでしょ。名前は確かニシムラ」

「興味ない。一切、ない」

千夏は言下に切り捨てる。

「大きな組織なんて、責任者が替わったくらいじゃ変わりゃしないよ。現にウチがそうじゃない」


小休止を終えてチェックインカウンターに戻ると、ちょうどツアー客が捌《さば》けた直後らしく、順番待ちの列は見当たらなかった。

できれば夕刻のラッシュ時までゆっくりしたい。そう考えているとカウンター前に軽快な足取りで近づく男がいた。

咲良は思わず叫び出すところだった。

サングラスをしているものの、特徴ある顔の輪郭と口元は隠しようがない。人気のお笑い芸人、瀬戸《せと》ようじだった。

チェックインカウンターに有名人がやってくることは少なくない。政治家、スポーツ選手、タレント、歌手。国際線では必ずパスポートとチケットの現物確認を行うので秘書やマネージャーが代行することはできず、本人が来なければならない。目と鼻の先で有名人と顔を合わせるのは数少ない役得の一つだ。

「どうもすみません」

瀬戸はまず頭を下げてきた。実際に見る芸能人がテレビとはまるで別のキャラクターであるのは珍しくないが、瀬戸ようじも例外ではなかった。

彼らがGSやCAと接するのは短時間だが、接客業をしていればわずかな時間でも人となりの一端は窺《うかが》い知れるものだ。酒好き女好きで奔放、ひと昔前の破滅型芸風でブレイクした瀬戸だが、カメラが回っていないところでは小心者と思えるほど慎重で、そして何より腰が低かった。タレントイメージとの落差も手伝い、咲良も密《ひそ》かにファンになっている。

本来、瀬戸クラスの有名人ならVIP扱いとなりコンシェルジュがアテンドしてもおかしくないのだが、本人が頓着《とんちゃく》しないタイプらしい。

「これ、お願いします」

手慣れたもので、瀬戸はパスポートとチケットをカウンターに置くとサングラスを外した。既に本人であるのは知れているが、マニュアルに従って確認する。JL062便ロサンゼルス経由ニューヨーク行き。

瀬戸は月に一度の割合でニューヨークとの間を行き来している。彼の出演する番組で海外ロケは聞いたことがないので、おそらくプライベートの旅行なのだろう。

「お預かりする荷物はありますか」

「これだけお願いします」

瀬戸がスーツケースを置いた。Mサイズのハードタイプ、二泊するにはちょうどいい大きさだ。

「あんまり長逗留《とうりゅう》できなくって」

こちらが訊《き》きもしないのに、瀬戸は弁解がましく言う。素でもサービス精神が旺盛《おうせい》なのは好印象だった。

「お忙しそうですものね。いつもテレビで拝見しています」

「やっ。どうもありがとうございます」

瀬戸は再び低頭する。ファンを名乗る者にも至極丁寧な対応なので、好感度が増す。

「国内だと人の目があるから、なかなかゆっくりできなくて。いや、注目されるのはホントに有難いんですけど」

「忙しい方ほどプライベートな時間は必要だと思います。どうぞ羽を伸ばしてきてください」

「お気遣いありがとうございます」

チェックイン情報から出力されたタグをスーツケースに取りつけ、ＢＨＳコンベヤの上に置く。ベルトコンベヤに載せられた荷物は爆発物検査装置（ＥＤＳ）を通過して出発ロビー下の階に運ばれる仕組みだ。ＥＤＳはＣＴスキャンで中身を透視する。手荷物のインライン検査にも導入されており、お蔭《かげ》で検査時間が大幅に短縮できている。

見れば、瀬戸の手にはバッグが提げられている。

「そちらのバッグはどうされますか」

「これは機内持ち込みでお願いします」

「では保安検査場へお願いいたします。いってらっしゃいませ」

「どうもありがとうございます」

最後に一礼して瀬戸はカウンターから離れていく。本音を言えばもう少し世間話をしていたかったが、今の会話が許容範囲ぎりぎりだろう。内規は厳格で、有名人のサイン一つもらっただけで上司から睨《にら》まれるのだ。

役得の余燼《よじん》を味わっていると、また一人男性がこちらに近づいてきた。長身の細面で、柔和な顔と物腰が印象的だ。

「失礼。今のお客さん、芸人の瀬戸ようじさんですよね」

有名人を見かけて確認したがる人間は少なくない。咲良は知らぬ存ぜぬを決め込もうとしたが、反応する前に手帳を呈示された。

警察手帳だった。

「身分を明かすのを忘れていました。本日から成田国際空港警察署に赴任してきました仁志村《にしむら》賢作《けんさく》といいます」

噂をすれば何とやらだ。

「蓮見さん、ですね。どうぞよろしく」

仁志村は胸元の名札を見たのか、先にこちらの名前を告げる。機先を制されて咲良は一瞬口《くち》籠《ごも》ってしまう。

「あの、署長さん、ですよね」

「わたしの名前をご存じでしたか。恐縮です」

「広報が回っていましたから。あのう、チェックインカウンターに何かご用なのでしょうか」

「いいえ。空港内を回っていたら、偶然瀬戸さんを見かけたので確認したかっただけです」

「空港内をって。署長さんはそんなことまでするんですか」

「わたしだけかもしれませんが」

そう前置きした上で、仁志村はどこか嬉《うれ》しそうに応《こた》える。

「ウチの管轄は成田空港の供用区域と限定されています。一日で回れない広さじゃない。自分の担当区域を一日で把握できるなんて最高ですよ」

咲良も成田国際空港警察署の概要だけは知っている。一九七八年、成田空港（当時の名称は新東京国際空港）開港とともに新設された全国三番目の空港警察で、現在は百四十人ほどの警察官と職員が勤務しているはずだ。警察署としては確かに小所帯だが、それでも空港内を視察して回る署長というのは初耳だった。

「でもウチの警官はよく見回りをしているでしょう」

「ええ、それはもちろんですけど」

見回りはしてくれても、役に立ってはくれていない。もちろん口には出していないが、仁志村は咲良の顔を見て小首を傾げた。

「ふむ。空港職員の方には不評なのですかね」

まさかと思い、咄嗟《とっさ》に手で口元を隠す。それを見た仁志村は大笑する。

「正直な人ですねえ。別に顔に出てやしませんよ」

「引っ掛けですか」

「それはともかく、署員が不評を買っている理由を知りたいものですな。改善すべき点を改善しなければ、わたしが赴任してきた意味がない」

「でも警察には民事不介入の原則があるんじゃないですか」

「大原則ではありますが、民事か刑事かの境界線は曖昧《あいまい》な部分があります。ちょっとした言い争いなら民事ですが、互いに激昂して大声を出し合えば迷惑防止条例に抵触する。空港内なら警察官の出番になってもおかしくない。別に警察の介入を推進するつもりはありませんが、空港職員の皆さんが警察の力を利用してくれればとは思います」

快活な口ぶりなので自《おの》ずとこちらの警戒心が薄れる。現に、初対面だというのに咲良は何の抵抗もなく会話を続けている。

「でも、わたしたちが詰所に飛び込んでも、まともに取り合ってくれないことが何度かあったんですよ」

「それはよろしくない。話は最後まできちんと聞く。現場にも臨場する。民事か刑事かの判断はその上でするべきことです」

仁志村の言葉には重さがないが、薄っぺらさもない。所信表明の空手形ではなく、実現可能な公約を聞いているような気にさせるのだ。

「そうしてもらえると、わたしたちも安心していられます」

「何よりです。国際空港は空の玄関口です。様々な国籍の人間の出入り、異文化の交流と確執。揉《も》め事は起きて当然だし、起きた揉め事は早急に解決するのが肝要です」

仁志村はまるで暗唱したかのように喋《しゃべ》る。普通なら通り一遍の外交辞令に聞こえそうなものだが、不思議に耳に心地よい。

だが最近芽生えた皮肉屋の性が頭を擡《もた》げてきた。失望するのは嫌なので、あまり期待しない方がいいだろう。

「気乗り薄な顔をしていますね」

またしても仁志村はこちらの顔色を読んでくる。

「まあ、新参者の決意表明なんて眉唾《まゆつば》ものですからね。蓮見さんのお気持ちはもっともです。ただ同じ組織人の一人として、言っておきたいことがあります」

「何でしょう」

「大きな組織だからこそ、責任者が替わったら大転換する可能性があるのですよ。それではまた」

仁志村はそう言うと、さっさと踵《きびす》を返してカウンターから離れていった。彼の言葉が千夏のそれとは正反対だと気づいたのはしばらくしてからだった。

仁志村は本当に成田空港中を視察して回ったらしく、各ターミナルの職員からの目撃談が咲良の耳に入ってきた。だが見る者が違えば印象も変わるらしく、仁志村の人物評は一定しなかった。

「今度の署長はいかにも軽いよなあ。ちっとも頼りになんね」

「親しみやすそうじゃん」

「トップが替わったくらいで、いきなり空港警察が親身になってくれるもんかね」

「結局、一日で空港内を回りきったって話だけど、それって要するに急ぎ足だろ。視察したうちに入らないよ」

「あれはさ、外見だけだな。実際は庁舎に引っ込んだら椅子にふんぞり返って何もしないタイプだ」

「空港警察なんて所詮《しょせん》小所帯だからな。本人にしてみたら腰掛けみたいなものじゃないのか」

仁志村の持つ軽快さを軽薄と取るかフットワークの軽さと取るか。いずれにしても赴任当日、仁志村の顔が職員たちに売れたことは間違いない。だが二、三日もすると皆はすっかり興味を失くしたようだった。

少しばかり話し込んだせいか、咲良は仁志村に肩入れしそうになっている。空港職員に顔を知られたのが吉と出るかそれとも凶と出るのか。仁志村のお手並み拝見といったところだろう。

しかし空港内はセキュリティが万全であり、仁志村が辣腕《らつわん》を振るえるような事件が発生する可能性は皆無と思われた。また、仮に大事件が発生したとしたら、それは咲良たち空港職員には迷惑な話だった。

少なくともこの時点までは。

2

確かに空港は空の玄関口だが、玄関に立っているだけでは奥の部屋で誰が何をしているのか分からない。地上勤務に明け暮れる咲良は半ばそんな状態だった。欠航便を把握する必要もあって海外情勢には詳しくなるものの、足元である千葉県内のニュースにはからっきし疎くなっていたのだ。従って県内で違法薬物事件が深刻な事態になっている現状など、人から教えられて初めて知る始末だった。

その日もチェックインカウンターに立っていると、目の前を何度も警官が通過していく。特に誰かを追ったり捜したりという様子ではなかったが、その数が尋常ではない。いつもフロアを巡回している警官たちとも違う顔触れなので妙だと思っていた。

まさか咲良たちの知らないVIPでもやってくるのか。気になって同僚たちに確認してみたが、誰もそんな話は聞いていないと言う。

搭乗手続きの業務を捌いていてひと息吐いていると、カウンターに見覚えのある人物が歩み寄ってきた。

「やあ、その節はどうも」

「こちらこそっ」

咲良は無意識のうちに身体を硬くした。会社の上司でもないのに緊張するのは、相手がヤクザ以上の強面だからだ。

千葉県警刑事部捜査一課、高頭冴子《たかとうさえこ》。

身長は優に百八十センチ以上はあるだろうか。服の上からでも筋肉質であるのが分かる。警察手帳を呈示されなければ女子レスラーでも通りそうだ。

昨年、咲良が搭乗手続きを進めていると、冴子ともう一人の刑事がカウンターに駆けてきた。

『至急、杭州《こうしゅう》行きの便に乗りたい』

ANA NH929便杭州行きは既に搭乗が始まっている。今からでは間に合わないので次の便をと勧めたが、冴子は頑として聞き入れなかった。

『ついさっきウイグル人女性が無理やり搭乗させられた。時間が経てば経つほど彼女の命が危険に晒《さら》される。貨物室でも構わないから、わたしたち二人を929便に乗せてほしい』

ウイグル人が新疆《しんきょう》ウイグル自治区において非人道的な扱いを受けているのは、咲良もニュースなどで聞き知っていた。だが攫《さら》われた女性には悪いが、なるべく政治的トラブルとは関わりたくないので規則を盾に謝絶するつもりだった。

ところがその時、冴子は低頭して額をカウンターに擦《こす》りつけた。

『頼む。彼女を救えなかったら、わたしは一生自分と、千葉県警と、成田空港を許せなくなる』

無茶苦茶な理屈だったが、冴子の口から発せられると不思議にこちらの義俠心《ぎきょうしん》が刺激された。

結局、咲良は保安検査場と出発ゲートの同僚に根回しし、冴子たちを929便に乗せることができた。数週間後に帰国した冴子から件《くだん》のウイグル人女性を奪還したと知らされた時には、ひさしぶりに胸のすく思いだった。

「あの後、容疑者の取り調べや外務省への説明などでなかなか時間が取れませんでした」

冴子は改めて礼を言いにきたらしい。

「あなたの尽力のお蔭で一人の女性の命と、わたしのプライドを守ることができました。ご協力ありがとうございました」

「そんな。わたし、大したことはしていません」

「結果的には大したことなんですよ」

警察官からそう言われると悪い気はしない。普段はクレームばかりを投げつけられる部門なので、たまさか感謝の言葉をかけられると心が洗われたような気分になる。見知らぬウイグル人女性の救出に微力ながら協力できたというのなら尚更《なおさら》だ。

次第に緊張感は親近感に変わり、空港のセキュリティに話が及んだ時、咲良は尋ねてみた。

「そう言えば、今日はずいぶんお巡りさんを見かけるんですが、何かあったんですか」

「何も起こらないようにするための特別巡回ですよ」

そこで冴子から県内の違法薬物禍を知らされた次第だった。

「一般のサラリーマンや大学生まで所持や使用の容疑で逮捕されています。容疑者の数は過去最大になる惧《おそ》れがあります」

「違法薬物を取り扱っているのは反社会的勢力なんですよね」

「千葉県の場合は他と事情が少し異なっていて、外国人犯罪者が絡んでいるケースも多々あります」

空の玄関口を抱えているせいで、千葉県は外国人の割合が高い。分母が大きくなれば、その中の犯罪者の数も増えるのはむしろ当然だ。

「ただし、どんなルートで出回ろうが、大麻やヘロイン、そして覚醒《かくせい》剤は国外から持ち込まれるモノがほとんどです」

「それで玄関口の空港に大勢のお巡りさんが派遣されているんですね」

「成田空港さえ押さえておけば市中に流れているクスリはやがて消費され使尽される。水道の元栓を閉めておけば水は出なくなるという理屈です」

冴子の説明は要領を得ていて分かりやすかった。

「空港警察の署員だけでは足りないので、県警の組対五課も出動しています。目つきの悪いヤツがいても気にしないでいただきたい」

それでも違法薬物が国内に持ち込まれたら、管轄している空港警察の責任になる。

「新任の仁志村署長は大変そうですね」

仁志村の名を聞いた途端、冴子の表情が変わった。

「よく署長の名前をご存じですね」

「署長さんご本人が第1ターミナルから第3ターミナルまで巡回されていましたから。わたしも少しお話しさせてもらいました」

「あのフットワークの軽さは健在か」

何やら仁志村とは因縁がありそうな口ぶりに、咲良の耳が反応する。

「仁志村署長は有名なんですか」

「県警本部時代はわたしのトレーナー役でした。警察官のイロハを叩《たた》き込まれました」

「叩き込まれたって。そんなスパルタな人にはとても見えないですけど」

すると冴子は声を一段潜めてきた。

「蓮見さん、チェックインカウンターの仕事は長いですか」

「そこそこです」

「失礼ですが、もっと人を見る目を養った方がいい」

さすがにむっとした。

「どういう意味でしょうか」

「あなたは仁志村署長をどんな人間だと思いますか」

「一度話しただけですが、とても社交的で温厚そうで協調性に溢《あふ》れた人かと」

冴子は呆《あき》れたように首を横に振る。

「では、わたしはどんな人間に見えますか。外見のみの印象で結構」

「あのう、男勝りというか武闘派というか。すみません」

「中《あた》らずと雖《いえど》も遠からずですから、まあいいでしょう。その武闘派のわたしが仁志村署長には結構泣かされました。決して色恋沙汰《ざた》の話ではなく、本当に泣かされたのですよ。彼が『とても社交的で温厚そうで協調性に溢れた人』なら、どうしてわたしが泣かなきゃならない羽目になるのか」

「……ちょっと信じられません」

「県警本部時代には『鬼村《おにむら》』と恐れられていました。恥ずかしながらわたしにも二つ名がありますが、到底比較にならない」

冴子は心配そうにこちらを見た。

「あなたが深く関わることはないと思いますが、仁志村署長を『とても社交的で温厚そうで協調性に溢れた人』とは思わない方がいい。むしろ逆に見立てた方が、誤解が少なくて済む」

「逆って」

「人嫌いで酷薄で唯我独尊とでも思ってください」


休憩室に飛び込むと千夏をはじめとした同僚たちがハイヒールを脱いで寛《くつろ》いでいた。

「お疲れ」

「お疲れー」

今日も愚痴大会になると思いきや、千夏の口をついて出たのは警察に対する非難だった。

「第2にも来たわ、あのお巡りさんご一行様。もう邪魔で邪魔で」

「第1ターミナルもそう。こっちが猛ダッシュしているのに、うろうろされて障害物でしかなかった」

「聞いたらさ、麻薬が持ち込まれてないかと緊急で動員されたみたいよ」

「お巡りさんが目を光らせていたら、運び屋もビビって麻薬を差し出すとか思ってんのかしら」

「どうせ見張るのなら保安検査場か、さもなきゃ税関に集まっていれば、ずっと効率がいいのに」

「いかにも『厳重警備やってます』感が強くて引くわー」

「てかさ、新署長が赴任した直後に県警本部から大量に人が送り込まれたんよ。『厳重警備やってます』より『誰も空港警察なんかに期待してねえぞ』アピールじゃないかな」

「うわ。千葉県警の内部抗争勃発《ぼっぱつ》だ」

「そんなの別にいいからさあ。どうせお巡りさん余っているなら、ラウンジでボウジャクブジンの振る舞いをするリーマンを取り締まってほしい。あいつらホントにウザい」

「飛行機に乗る、海外に行くってだけで、何であんなにイキれるのか不思議でしょうがない」

「ああいう勘違い野郎、一人でも逮捕してくれれば空港警察の好感度爆上がりなんだけどね—」

「期待しちゃ駄目よ—。あの人ら、完璧《かんぺき》に税金泥棒だもん」

「新任署長さんは人当たりのいい爽《さわ》やか系なんだけど」

「千葉県警と角突き合わせているようだったら、三年待たずに左遷かな」

いつもなら咲良も愚痴の輪の中に入るのだが、仁志村と言葉を交わした上に、冴子と話し込んだ後は皆と調子を合わせることができずにいる。

ＣＡやＧＳの仕事は、傍《はた》から見れば華やかに見える。実際、就活生の人気企業アンケートでも、航空会社は必ずと言っていいほど上位に食い込む。競争倍率が高いから自ずと有能な学生が集まる。しかし現場に配属されると、仕事の実態に打ちのめされて何人かは精神を病む。外見で判断するなとよく言われる。自身も気をつけているつもりだが、やはり先入観や第一印象が意識の底に居座って目を曇らせている。

この場で警察官を悪し様に罵《ののし》っている彼女たちも同じだ。たった一人のウイグル人女性を取り戻すために命を張った刑事を知らない。責任者が替われば組織も変わると熱弁する警察署長を知らない。知らないから日頃の印象だけで物事を決めてしまう。

それはちょうど、瀬戸ようじの実体を知らず芸風だけで彼を知った気になっている視聴者と同じだ。自分勝手で、思慮が浅い。

咲良は千夏たちの暴言を、ひどく遠くから聞いているような感覚に陥った。

彼女たちが休憩を終えて持ち場に戻ると、咲良はスマートフォンでニュースを漁ってみた。

検索対象は千葉県内で発生した違法薬物に関する事件だ。すると出るわ出るわ、ここ一年だけで山のように事例が並んだ。

ヘロイン使用で逮捕された女優。

覚醒剤を使用して通行人に刃物を振り回した予備校生。

何を思ったか、大麻を売ってくれとコンビニエンスストアで大立ち回りを繰り広げた会社員。

他人を傷つけた者もいれば、禁断症状に耐えかねて自死した者もいる。一例一例はとんでもない悲劇でコメントのしようもないが、これだけ数を並べられると感覚が麻痺《まひ》してしまう。

悲劇の種類は多様だが、違法薬物の入手経路は不思議に共通している。

旅行先に滞在中、非常に親切にされた人物から「この荷物を日本の友達に渡して欲しい」と頼まれた。十分な謝礼をもらえるとその依頼を引き受け、荷物を持って帰国の途についたところ、中には大量の大麻が潜ませてあった。

海外から日本への荷物の託送を請け負うアルバイトの募集サイトを見て応募して渡航。現地でスーツケースを預かったが、経由地の空港でそのスーツケースの中から覚醒剤が発見された。

海外の空港で同じ便に乗るという高齢の旅行者から「孫へのおみやげで荷物が多くなったのであなたの荷物として預かってくれないか」と頼まれ、お年寄りへの思いやりから親切心で預かった。到着空港の税関で検査したところ、その荷物の中から麻薬が発見された。

旅先で知り合った現地人から土産物店に案内され、「旅の記念に」と木彫りの置物を買ってもらったが、空港の手荷物検査で置物の中から覚醒剤が発見された。

どれもこれも巧みな方法で税関や保安検査場を突破しようとしている。彼らにとっては空港だけが違法薬物をすり抜けさせられる穴なのだ。

『成田空港さえ押さえておけば市中に流れているクスリはやがて消費され使尽される。水道の元栓を閉めておけば水は出なくなる』

冴子の言葉が脳裏に甦《よみがえ》る。少し考えれば誰でも分かる。空港での警備と検査を徹底すれば、国内への持ち込みはほぼ不可能に近いのだ。

空港警察と千葉県警との間に確執があるかどうかは不明だが、間違いなく彼らは最善で最重要な方法を選択している。『厳重警備やってます』感を出すだけでも意味はある。交番の前に落ちているカネをネコババしようとする者はいない。交番の存在自体が犯罪の抑止力になっているからだ。

つらつら考えていると、空港警察を役立たずとこき下ろしていた自分が恥ずかしくなってきた。

それにしても気になるのは、冴子による仁志村評だ。

『人嫌いで酷薄で唯我独尊とでも思ってください』

彼の見かけを信用するなと忠告されたが、いったいどこまで本当なのやら。冴子自身が仁志村を色眼鏡で見ている可能性もあるから、彼女の言葉を鵜呑《うの》みにもできない。

社交的なのか人嫌いなのか、温厚なのか酷薄なのかの見分けもつかない仁志村が千葉県警のやり方をどう捉《とら》えているのか。俄《にわか》にキナ臭くなってきた空港を思い、咲良は形容し難い不安に駆られていた。

3

咲良の所属する出発班は三つに分かれ、それぞれにシフトが組まれている。組み合わせは1班が早番の時は2班が中番、3班が遅番というように全フライトを洩《も》れなく押さえるようにできている。咲良の勤務形態は4勤2休だが、早番→早番→中番→遅番→休み→休みの順番で回ってくる。

その日、咲良は早番だった。早朝から十四時までの間、カウンターに立ち続ける。前夜にしっかり睡眠を取ってはいるが、それでも日替わりで生活時間が替わるため、時折睡魔に襲われる。

だが、この日は違った。運航開始の午前六時からフロア全体が慌しかったのだ。空港職員の動きはいつも通りなのに、どこか空気が殺気立っている。咲良は隣に立つ2班の片山愛実《かたやままなみ》に小声で話し掛けた。

「ねえ、今日、誰かＶＩＰの搭乗か来日だったっけ」

「聞いてないです」

愛実は咲良の三年後輩で、よく世間話をする仲だ。芸能人が大好きで海外スターの来日情報は誰よりも詳しくキャッチしている。

「少なくとも空港でファンが待ち構えるような人が来るなんて聞いていません」

「片山さんのレーダーに引っ掛からないなら、きっとそうなんだろうな。でも、何だか空気が変じゃない」

「それ、わたしも感じます。フロア全体が浮足立っているというか、緊張しているっていうか」

やはり自分だけの思い違いではないらしい。では、いったい何が起きているというのか。

搭乗手続きをこなしている間、何気なくフロアを眺めていると、次第に慌しさの元凶が分かり始めた。

警官の数だ。

先日、冴子と顔を合わせた時よりも行き来する警官が圧倒的に多い。制服姿の多さが物々しさを助長しているのだ。

「何だかお巡りさんが多いですね」

愛実も気づいたらしい。

「でもあのお巡りさんたち、全員到着ロビーに向かっているみたいですね」

「来日客に問題でもあったのかな」

だがトラブルやアクシデントが発生すれば、直ちに全スタッフに通知がなされるはずだ。今のところ咲良の携帯端末にはその気配がない。

訳が分からぬまま仕事をこなし、休憩時間がきたので到着ロビーを覗《のぞ》いてみることにした。

一階の国際線到着ロビーは想像していた以上の混乱ぶりが展開していた。

この時間帯にしては、北ウイングに人が過剰なほど溢れている。しかもその半分以上を制服警官が占めている。

「Let's go!」

「Son of a bitch!」

汚い言葉のする方向を見れば、外国人の団体客が警官たちに取り囲まれている。全員が身柄を拘束されて抗議しているといった体だ。

犯罪者の団体様か。

「そこ、騒がないで」

「おとなしくしていなさい。言い分は後で聞くから」

「Shut up!」

彼らの抗議の声と警官たちの怒号は反対側からも洩れ聞こえてくる。まさかと思い南ウイングに移動すると、ここでも同様の逮捕劇が展開されていた。北と南、両ウイングの騒ぎで、一階フロアは騒然とした雰囲気に呑み込まれている。他の客は遠巻きに、しかし興味津々といった様子で彼らの横を通り過ぎていく。

空港内での捕り物を目撃することは少なくない。置き引きに自販機狙い、中にはスマートフォンでの盗撮などというものもあり、容疑者が警官に連行されていく姿を咲良自身も何度か目撃している。

しかし、これほど多くの容疑者が一網打尽にされているのは初めて見た。咲良はいつの間にか、目の前で繰り広げられる騒動に釘付《くぎづ》けとなっていた。

「蓮見さんじゃありませんか」

背後から声を掛けられ、咄嗟に振り返ると、そこに仁志村が立っていた。

「蓮見さん、チェックインカウンターじゃなかったんですか」

「あの、今は休憩時間で」

何も疚《やま》しいことはしていないのに、後ろめたい気持ちになるのが恥ずかしい。

「そうですか。空港にお勤めの方には珍しい光景ではないでしょう」

「こんなに大掛かりなのは初めてです」

「それはそうかもしれませんねえ。過去の案件を見ても総勢四十名を超えるグループを一斉に摘発した前例はなかったようですから」

「総勢四十名、ですか」

咲良は驚くとともに納得する。四十人以上といえば通常のツアーと同等かそれ以上の人数だ。北と南のウイング両方がこんな騒ぎになるのも当然だ。そういえば彼らの出立《いでた》ちもラフな格好とスーツケースで、ツアー客にしか見えない。

「あのお客様たち全員が容疑者だなんて」

「それこそツアー客を装った運び屋ですよ」

「運び屋って」

「貨物は言うに及ばず手荷物にも違法薬物を仕込んで税関を通過しようとしている。本来は税関職員に任せている部分もあるのですが、これだけの規模になると空港警察総出で事にあたる必要があります」

仁志村は自身を誇りもせず淡々と喋る。それだけ今回の逮捕に勝算があったことを物語っている。
「でもあの人たち、税関を通過しているんですよ」
「税関をパスすると大抵の人間は安心して警戒心を解きます。警戒心の抜けた人間は色々とし
くじりやすい。素人なら尚更です」
仁志村は身柄を確保された者たちを顎《あご》で指し示した。
「彼らはほぼ全員が素人です。何度も捕まってマークされているような運び屋ではない。だか
ら空港職員の目を盗めると考えたのでしょうけど、素人だからいったん捕まってしまえば易々
と自供してくれる」
「そんな素人集団がどうして運び屋なんてするんですか」
「彼らの身なりをご覧なさい。普段から搭乗客を見慣れている蓮見さんの目にはどう映ります
か」
「皆さん、ラフな格好です」
「もっと明け透けに言っても構いませんよ」
「……上等なお召し物ではありませんけど、旅慣れたようにも見えません」
「そうでしょうね。本人たちの所持金では国内旅行もままならない。彼らは貧乏白人、所謂《いわゆる》ホ
ワイトトラッシュです」
「誰かに雇われたんですね」
「お察しの通り。借金の返済なり小遣い稼ぎなりで、薬物犯罪組織に雇われたんですよ。報酬
は雀の涙程度だが、一生に一度行けるかどうかも分からない日本に旅行できるのならと、尻尾

を振って飛びついた連中です」

穏和な表情ながら、彼ら容疑者に対する物言いには辛辣なものがある。

『人嫌いで酷薄で』

不意に冴子の言葉が頭を掠《かす》める。人好きのする風貌《ふうぼう》に反して、その本質は非情ということなのか。まだ会うのは二度目なので断言はできないが、仁志村が見かけ通りの男でないことは確かだった。

ホワイトトラッシュはプアホワイトとも呼ばれ、主に米国南部地域の白人貧困層を指す蔑称《べっしょう》だ。生活水準や教育水準が低いことから蔑《さげす》みの対象になっているが、咲良に言わせれば本人の責任で貧乏になった訳ではないので、明らかな差別だ。かの国はよく「自由」を謳《うた》っているが、低所得者の蔑称が世界的に知れ渡っていることからも、それほど自由な国ではないことが窺い知れる。

「ホワイトトラッシュという言い方が不愉快ですか」

「いえ、別に」

「蓮見さんは正直な人ですね。どんなに言葉を繕っても顔に全部出てしまっている」

「嘘」

「まあ嘘なんですけどね」

からかわれたと知り、ついかっとなった。

「貧しい人を差別するなんて、あまり行儀がいいとは言えませんね」

「別に貧しさを論《あげつら》っている訳じゃありませんよ」

仁志村は咲良の抗議などまるで意に介する様子を見せない。

「彼らの事情も知らないのに」

「いいえ。彼らについては一人残らずプロフィールを把握しています。出身地、学歴、家族関係、勤め先、SSN（Social Security Number　社会保障番号）、年収、そして逮捕歴。従って、彼らが大して多くもない報酬のために運び屋を務めている事情も知っています」

「だったら少しくらい同情してあげても」

「貧困層でも決して犯罪に手を染めない者がいます。逆に富裕層の中にも救いがたい犯罪者がいます。低学歴であっても善良な人間がおり、高学歴でも悪辣な人間が存在します。世の中のリベラリストがどう言い繕おうが、経済的貧困や教育的貧困は決して犯罪行為の言い訳にはならないと思いますよ」

言っている内容自体はもっともなので言い返せない。

「署長さんの口ぶりだと、逮捕されている皆さんを入国前からマークしていたみたいですね」

「県警管内で麻薬関連の事件が頻発しているのはご存じですか」

「ニュースサイトで見ました」

「市中に出回ってからでは遅すぎる」

「『成田空港さえ押さえておけば市中に流れているクスリはやがて消費され使尽される。水道の元栓を閉めておけば水は出なくなる』、ですか」

「ほう。適確な比喩《ひゆ》ですね。誰か他の捜査員から話を聞きましたか」

「いいえ」

「ただ、それでも若干の甘さは否定できない。税関職員の能力を疑う訳じゃありませんが、彼らの処理能力にも限界がある。検査対象が膨大な量になれば、どうしたって注意力も散漫になる。一番効果的なのは、向こうを出国した時点で容疑者を特定しておく方法です」

「そんなことが可能なんですか」

「今までは不可能でした。アメリカで麻薬を扱っている組織は星の数ほどあるし、そもそも違法薬物に対するハードルが低い州が少なくない。そんな状況では、持ち込まれる側も自ずと水際対策しか立てられない」

　そこまで聞けば充分だった。

「何か新しい方法を編み出したんですね」

「大きな組織だからこそ、責任者が替わったら大転換する可能性がある。蓮見さんには前にもそう言った記憶があります。また、そうでなければ責任者が替わる意味がないですよ」

「いったい、どんな手段を使ったんですか」

「それはさすがに捜査上の秘密ですよ」

「でも、どうしてわたしにそこまで教えてくれるんですか」

「口ぶりから、あなたには警察関係に知り合いがいらっしゃるようだ。今わたしがお話しした内容程度なら誰でも思いつく。それに、わたしがここまでお話しするのは、蓮見さんとパイプを構築しておきたいからですよ」

「何故ですか。わたしは地上スタッフの一人に過ぎませんよ」

「現場の情報は現場のスタッフに訊くのが一番です。上にいけばいくほど情報は少しずつ単純化され歪曲《わいきょく》されていきますからね」

「そんなものでしょうか」

「付け加えれば、立っている場所で見える風景も得られる情報量も変わってくるのですよ。それではまた」

片手を挙げて仁志村はその場を立ち去る。

彼の後ろ姿を見送った後、咲良は警官たちに連行される外国人一行に視線を移した。

意外そうにしている者、身柄を確保されて尚抗議を続けている者、そして悄然《しょうぜん》と肩を落として引いていかれる者。咲良の目にはどうしても犯罪者には見えない。市井で普通の暮らしをしている一般市民としか思えない。

チェックインカウンターに戻る途中、咲良は逮捕された容疑者の扱いについて、スマートフォンで検索してみた。

覚醒剤を密輸した場合、覚醒剤取締法と関税法という二つの法律に違反することになる。覚醒剤取締法については同法41条1項、2項、そして関税法については同法109条1項、3項に罰則が記されている。

それによれば覚醒剤を営利目的で密輸した者について「無期若しくは三年以上の懲役及び一千万円以下の罰金に処する」とある。また関税法の括《くく》りなら「十年以下の懲役若しくは三千万円以下の罰金に処し、又はこれを併科する」とある。

二つの罰則を合わせると、なかなかに絶望的な未来図が浮かんでくる。小遣い稼ぎついでに日本旅行と洒落《しゃれ》込んだものの、下手をすれば十年以上も異国の刑務所で暮らす羽目になるのだ。

故国に家族を残してきた者もいるだろう。逮捕された者たちとその家族の行く末を考えると、無関心ではいられなくなる。

一瞬、手違いによる誤認逮捕であればと思ったが、現行犯逮捕となれば可能性は薄いだろう。彼らは秋葉原《あきはばら》や銀座《ぎんざ》、浅草《あさくさ》といった名所に足を踏み入れることもなく、空港警察から刑務所へと直行するのだ。

割り切れない気持ちを抱えながらチェックインカウンターに戻ると、チーフアドバイザーの雛形輝美《ひながたてるみ》が待ち構えていた。

「蓮見さん、三分遅れです」

「すみません。つい署長さんと話し込んでしまって」

「署長さんとは、赴任してきたばかりの警察署長のことですか」

雛形輝美は不審げにこちらをまじまじと見る。

「どうして、蓮見さんが警察署長さんと話し込むんですか」

「わたしのせいじゃありません」

彼女の目がいよいよ疑心の色に染まっていくので、慌てて弁明する。

「何でも現場スタッフとパイプを持ちたいとか仰《おっしゃ》ってました」

「現場スタッフねえ」

彼女は咲良の頭の天辺《てっぺん》から足の爪先《つまさき》まで、じろじろと睨《ね》め回す。いくら同性でも気分はよくない。

「ホントにそれだけの理由かしら」

「知りません」

「合コンとかに誘われるんじゃないの」

「そんなものに参加するより、自宅でずっと寝ていたいです」

本音なので自然に口から出た。女上司は半分呆れ顔だが、4勤2休による慢性的な睡眠不足は彼女も熟知しているので納得するしかない。

「言うまでもないけれど、署長さんに伝えるような情報なら、先にわたしに上げてよね」

そう言い残して彼女は立ち去っていく。

どうして今日は咲良の気持ちに爪痕《つめあと》を残そうとする者が多いのか。お蔭で休憩するはずが、すっかり気疲れしてしまった。

「大変そうですねえ、先輩」

隣に立つ愛実が冷やかすように言う。

「……この状況、楽しんでいるでしょ」

「楽しんでますよ。わたし、チェックインカウンターに立つの大好きですから」

「一年目はみんな、そう思うのよ」

「えーっ、わたし二年でも三年でも飽きない自信ありますよ。たまーに芸能人とか相手にできるし。芸能人の素を見られるって、わたしたちの特権じゃないですか」

時折、こういう人間に出くわす。憧れ具合や習熟度に関係なく、その仕事が適材適所としか思えないような人間がいるのだ。搭乗手続きに慣れた咲良でさえ舌打ちしたくなるような場面でも、愛実は心底楽しそうに対応する。まさにナチュラル・ボーン・チェックインカウンターといったところか。特段、羨《うらや》ましいとは思わないが感心はする。業務に沿った資質を持ち合わせているだけで、仕事を続けていく上では大きな財産になる。きっと愛実は、その資質を武器に出発班の中でめきめきと頭角を現していくのだろう。

一方、咲良はといえばチェックインカウンターやラウンジ、その他の部署を行き来しながら未《いま》だに自分の得意分野やここぞという場所を持っていない。それどころか地上勤務全般について倦《う》み始めている。

「そんな特権程度で睡眠不足になりたくないなあ」

芸能人で思い出した。そう言えば先日出国した瀬戸ようじの帰国予定日が今日だったはずだ。プライベートな旅行を楽しみ、すっかりリフレッシュした顔で到着ロビーに現れてほしいと願う。

小遣い稼ぎに血道を上げたばかりに、旅行先の空港で逮捕される者もいれば、功成り名を遂げて旅を満喫してくる者もいる。空港の中は悲喜こもごもなのだと、咲良はしみじみそう思う。

4

成田空港で大量の逮捕者が出た事件は昼のニュースで報道された。

『本日、成田空港においてニューヨークからの便に搭乗していたツアー旅行客の一団が覚醒剤取締法で逮捕されました。その数四十二人と、同時に逮捕された数としては過去最高を記録しました。また押収された覚醒剤は総量で八十キログラムを超え、こちらも過去最大となりました』

　コロナ禍の煽《あお》りを受け、海外からの入国者の激減で同空港での密輸事件の摘発は減少している。成田空港で昨年押収された覚醒剤は十一件で計約八十四キロというのだから、今回の逮捕がいかに大成果だったかが知れる。大仕事を達成した直後だからだろうか、彼らが連行されるのと同時に、警官たちの姿もさっぱり見かけなくなった。

　早速、この事件がネットニュースで流れると山のようなコメントで溢れ返った。

『やったぜ！　千葉県警、っていうか成田空港警察の大金星』

『逮捕者四十二人、押収量八十キログラムはスゲエ』

『つい先月まで音無しの構えだった空港警察が、どういう風の吹き回しか。まあ、水際で覚醒剤を防いでくれたのは賞賛してしかるべきかと』

『わたしの兄は麻薬のせいで一生を棒に振りました。家族もメチャクチャになりました。違法薬物が憎くて憎くてなりません。市中に出回る前に検挙していただき、まことにありがとうございました』

『空港で税関通過してから逮捕されたのなら、国内法で裁かれるんですよね、確か。こんな奴らを税金で衣食住保障するのは何だか納得いかない。かといって国外退去させても同じことを繰り返すだろうし』

『定期異動で成田空港警察は新署長が赴任しているんです。今回の大量逮捕はキャリア形成においての大きな材料になるでしょうね』

　様々なコメントが並ぶ中、咲良が最も頷いたのが最後の一文だった。

キャリア形成において大きな材料。

警察組織に詳しい訳ではないが、過去最大の逮捕者数と押収量はやはり特筆に値する。昇級・昇格に在任中の成績が影響するのならば、今回の大量逮捕は間違いなく仁志村のキャリアを輝かしいものにするだろう。

咲良は仁志村に嫌悪感を覚えた。仁志村は組織について多くを語っていたが、結局は自分の手柄を誇示しているのも同じだ。赴任直後という事情もあるから、世間やマスコミは成田空港警察署ではなく仁志村賢作個人を誉めそやすに決まっている。そして、あの狡猾《こうかつ》そうな仁志村が察していないはずがない。

穏和な顔の裏にどす黒い出世欲が潜んでいるとしたら冴子の言葉も頷ける。武闘派を自任する冴子が泣かされ、県警本部時代には『鬼村』と恐れられていたというエピソードもなるほどと思える。

所詮、公務員よね。

全国の公務員が聞いたら激怒するようなことを内心で呟《つぶや》きながら、咲良は午後の業務へと自分を鞭《むち》打《う》つ。


十四時、ようやくこの日の勤務が終わった。

「お疲れ様でした。お先に失礼します」

後を引き継ぐ者に挨拶《あいさつ》してカウンターから出る。勤め始めた頃、お疲れ様というのは相手への挨拶だとばかり思っていたが、最近は自分への労《ねぎら》いではないかと考え始めている。

まずい、と思う。

よくない思考回路に入りかけている。誰かの受け売りだが、仕事をしなくてもいい理由を探し始めるのは辞める前兆だ。仕事を辞めてもいい材料を集めて、退職を正当化しようとする行為なのだという。

憧れていたCAには身長で弾《はじ》かれ、碌《ろく》でもない客の対応で神経をすり減らし、睡眠不足で体力を殺《そ》がれていく。彼氏の一人でもいれば慰めにもなるのだろうが、日々の生活に追われてそんな気の利いたものは作れもしない。何かと華やかなのはCAだけだ。

搭乗手続きを心底楽しんでいる様子の愛実が羨ましくなる。彼女の資質にではなく、仕事を楽しんでいるという事実そのものが羨ましい。

だが物心つく頃から憧れ続けた航空会社だ。外国語大学では苦手な第二外国語も必死の思いで履修した。航空会社数社を受験し、合否通知を待つ間は寿命が縮むような思いを味わった。咲良の二十二年間はこの会社に入社するためにあったと言っても過言ではない。

それをたったの五年で辞めてしまうのは、いかにももったいないと考えてしまう。自分の人生だからと割り切ればいいのだが、つい入学金や授業料を払ってくれた両親の顔が浮かんで申し訳なく思ってしまう。要するに自分は優柔不断なのだ。

幸か不幸か、先に辞めていった先輩や同期の中には今でも連絡を取り合っている者がいる。今度、呑みに誘って退職後の身の振り方を相談してみようか。

ああ、駄目だ。

またもや仕事をしなくてもいい理由を探している。

着替えを済ませた咲良は到着ロビーへと足を向ける。時刻は十四時三十分。そろそろ瀬戸を乗せた機が到着した頃だ。

遠くから瀬戸の様子を窺うつもりだった。晴れ晴れとした顔でゲートを出てきてくれればいい。それだけで自分の仕事に誇りが持てるような気がした。

だがロビーに足を踏み入れた途端、咲良は嫌な光景を目にした。消えたとばかり思っていた警官たちが再び一カ所に集まっており、しかもその中心に瀬戸の姿があった。そればかりか、警官たちの中には仁志村の姿があった。

「いったい、どういうことですか、これは」

瀬戸の声がフロア中に響く。

「入国審査が終わったと思ってフロアに出てみたら、あなた方がいた。わたしが何か違法なことをしましたか」

殊更に大声なのは、わざとだろう。他の客に聞こえよがしに喋っているとしか思えない。激昂気味の瀬戸を宥《なだ》めるのは、やはり仁志村の役目らしい。

「まあ、瀬戸さん。落ち着いてください」

「どこの世界に、お巡りさんに取り囲まれて冷静でいられる人がいますか」

どこまでが演技か分からないが、瀬戸は迷惑そうな表情を崩さない。

「さあ、説明してください。どうしてわたしがこの場で足止めを食らっているのか」

仁志村はちらりと周囲を眺める。一見、他の空港利用客の目を気にしているように見える。

「どうしても、この場ではっきりさせないといけませんかね」

「公衆の面前ではっきりできないような疑いで、警察は旅行客を足止めするんですか」

「あなたに掛かっているのは覚醒剤密輸の疑いです」

瀬戸の目が大きく見開かれる。

「わたしが？　覚醒剤の？　密輸？」

これはもう、はっきり芝居と分かるような仕草で瀬戸は驚いてみせる。

「芸人のわたしを笑わせるつもりですか」

「興味深い提案ですが、残念ながら警察署長にそんな暇はありません。至って真面目な話です」

「わたしはちゃんと入国審査も税関検査もパスしているんですよ」

「ええ、承知しています。ですが、捜査にご協力をお願いします」

「捜査とは具体的に何をされるんですか」

「身体検査と荷物検査ですね。瀬戸さん、出国時はMサイズのスーツケースだけでしたのに、帰国の際は大型のスーツケースが二個増えていますよね」

「土産物を持ち帰るために現地で他のケースを調達しました。よくあることですよ」

「いずれにしても中を開けてもらうことになります。では別室を用意していますので、こちらに」

いや、と瀬戸は強い調子で拒絶する。今までのやり取りで、既に瀬戸たちの周囲には人だかりが出来つつあった。咲良は人が集まり出したのをいいことに、その中心へとそろそろ近づいていく。

「身体検査も荷物検査もここでしてください」

さすがに仁志村が制止を試みる。

「ここでは人目が多過ぎます。瀬戸さん、あなたの立場を考えたらまずくないですか」

「警察関係者しかいない密室で調べられる方が、はるかにまずいですよ」

瀬戸は傍観している利用客に大声で語りかける。

「皆さん、わたしはお笑い芸人の瀬戸ようじです」

その表情と手振りで分かる。瀬戸はいつも舞台やテレビで見せる破滅型芸風で、この場を乗り切ろうとしているようだった。

「あー、そこのおばあちゃん、ありがとうございます。わたしを知ってくれている人が何人かいるみたい。あのですね、ここにお集まりのお巡りさんたち、何とわたしが覚醒剤を密輸したんじゃないかと疑っていらっしゃる。それでもって身体検査と荷物検査をすると仰る。そうまで言われちゃね。わたしも依怙地《いこじ》になるってもんだ。一つ皆さんの目の前でご開陳といきましょう。さすがにパンツを脱げとは言われないでしょうけど、万が一スッポンポンになる羽目になったら、まあお目汚しを失礼します」

すっかり瀬戸のワンマンライブの様相を呈し、警官の中にはあからさまに顔を顰《しか》める者も少なくなかった。

だが仁志村は然《さ》して迷惑そうにもしていない。

「じゃあ、鑑識をここに呼んでください」

何と瀬戸の求めに応じて、フロアのど真ん中で検査を敢行するつもりらしい。気の早い利用客の中には、スマートフォンを取り出す者もいた。

しばらくしてやってきたのは鑑識係と麻薬探知犬だ。二匹の犬は早くも鼻をひくつかせている。

Mサイズ一個とLサイズ二個のスーツケースが警官たちの前で開けられる。アメリカ出国時、スーツケースはEDS（爆発物検査装置）のCTスキャンで中身を透視されているはずだから、隠された覚醒剤が今更発見される可能性は高くない。税関職員の目も節穴ではないので、新たに見つかるとはあまり思えない。

これは仁志村の当てが外れたに違いない。

先刻の仁志村の口ぶりでは、彼は現地に情報網を張り巡らせているらしい。現地発の情報ということは、自分の目で確かめない限り正確かどうかも判断できないのだ。

おそらく仁志村は誤った情報を仕入れたのだ。だが午前中の逮捕が大成功を収めたために、瀬戸に関する情報を未消化のまま飲み込んでしまった。

朝に喝采《かっさい》を浴びた者が夕方には罵倒《ばとう》される。いい気味とまでは思わないものの、仁志村の出世欲を疑う咲良は気の毒にも思えない。策士策に溺《おぼ》れるではないが、好事魔多しという言葉もある。有頂天になった者には、ちょうどいい冷や水ではないのか。

瀬戸が一枚脱ぐ度に、鑑識係が丹念に調べていく。同時進行でスーツケースの中身も検《あらた》められる。着替えの衣類に現地で調達したらしき芸能雑誌、新聞、スナック菓子、ゲームソフト、そして化粧品類。もっとも多いのはアルコール類だ。酒好きで有名な瀬戸らしく、ワインやブランデーやウイスキーが中身の大部分を占めている。

鑑識係と同様、二匹の麻薬探知犬が衣服とスーツケースの中身を嗅《か》いでいるが、今のところ大きな反応はない。咲良にはむしろ当然に思える。麻薬の密輸出に関してはアメリカがより厳しい。日本の空港で見つけられるものなら、先にアメリカの空港で見つかっているはずではないか。

脱ぎ捨てられた衣服が虚《むな》しく積み重ねられていく。

「やっぱりパンツまで脱ぐ羽目になりそうですけど、公然わいせつ罪での別件逮捕はご免こうむりますよ」

瀬戸はおどけた調子で言う。

「どうしましょうかね、署長さん」

瀬戸の挑発にも乗らず、仁志村は黙して鑑識係の動きを注視している。

「アルミのお盆だけは勘弁してくださいよ。他の芸人の持ちネタになっちまう」

「その点はお気になさらず。ちゃんと隠すものは用意しています」

やがて最後の一枚が剝《は》ぎ取られた。警官たちが輪になって壁を作っているので姿は見えないが、瀬戸の勝どきの声でそうと分かる。

「あーあ、パンツの中にも何も入っていませんでしたね。いっそ、身体の中も検査してみますか」

違法薬物を非溶解性のカプセルなり袋なりに封入してから飲み込むという手口は咲良も聞いたことがある。だがこの方法はエックス線検査で容易に明るみに出るはずだ。

「恐れ入りますが、エックス線検査をしてもらいます」

やはりそうきたか。

だが、瀬戸本人はむしろ嬉々《きき》としている。

「ええ、いいですとも。エックス線だろうがほうれい線だろうが、好きにしてやってください」

瀬戸が検査室に連れ去られた後も、スーツケースの中身が露《あらわ》にされる。だが、違法薬物は発見されないらしく、鑑識係の表情は冴《さ》えない。麻薬探知犬も申し訳なさそうに首を垂れている。

しばらくして瀬戸たちが戻ってきた。

「さあさあさあ、署長さん、どうします。身体の中まで隈《くま》なく探してもらいましたが、結局はがんさえ見つけられなかった」

「がんが見当たらなかったのはよかったですね」

「そこで突っ込まなくて結構ですよ。さあ、いったいどう責任を取ってくれるんですか。衆人環視の中で疑いを掛けられ、素っ裸にされて調べられもした。ところが粉ひと粒さえ出なかった。わたしも顔を売る商売だ。この汚名をどう雪《そそ》いでくれるんですか。これはね、責任問題ですよ」

瀬戸はここを先途とまくし立てる。今や仁志村の劣勢は誰の目にも明らかだった。

「ホントに警察ってのは普段から偉そうにしている。国家権力を笠《かさ》に着て真っ当に生きている芸人風情を疑って、こっちの弁明なんぞ一切聞いてくれねえ。そのくせ、自分たちの失敗には頬かむりしやがる。手前ぇのミスは見て見ぬふり、仲間のミスは庇《かば》い合い。これで市民の生命財産を守るって大口叩いているんだから大したもんだ」

興が乗ってきたのか、瀬戸は歌うように警察を罵る。周囲に集まったギャラリーの中には我が意を得たりとばかり拍手する者まで現れた。

「皆さん。これが冤罪《えんざい》の作られる過程です。声なき者に国家権力が襲いかかり、罪なき人があっと言う間に犯罪者に仕立て上げられる。今すぐお手持ちのスマホで、この残酷な話を拡散してやってください」

瀬戸の煽動《せんどう》に乗せられた何人かがスマートフォンを取り出したその時だった。

「そこにある酒類を開栓してください」

瀬戸の顔色が変わる。

「あなた、何を言い出すんだ。これはどれも高級な酒で栓を開けた瞬間から風味がどんどん消えていくんですよ」

「鑑識係。構わないから全部開けてください」

「ちょ、ちょっと待ってくれ」

俄に慌て出した瀬戸を尻目《しりめ》に、鑑識係が一本ずつ開栓していく。次に彼らが取り出したのは綿棒だった。

「覚醒剤試薬と言いましてね。無水炭酸ナトリウム二十グラムをイオン交換水百ミリリットルに溶解したものを綿棒に染み込ませます。瀬戸さん、よく見ていてください」

一本の開栓された瓶からワインが試験管に注がれる。そこに綿棒を突っ込むと、浸された部分がさっと呈色した。

「反応ありました」

開栓された酒類が次々と試験管に移され、試薬の洗礼を受けていく。

「反応ありました」

「こちらも反応ありました」

「こちらも」

「こちらもです」

鑑識係の報告が重なると、瀬戸はすっかり顔色を失っていた。

「アルコール類に混ぜられた上に閉栓され、しかも箱に詰められて密封されている。CTスキャンでも麻薬探知犬の鼻でも検知できませんが、試薬を使えば溶解された覚醒剤やコカインなどの違法薬物は0・5パーセント含有されていても充分に検出できます。残念でした」

瀬戸は全身の力が抜けたように、その場に頽《くずお》れる。

「……署長さん、もしかしたら最初っから酒に目をつけていたんじゃないのか」

「お察しの通り」

「どうして分かった」

「酒類の銘柄を見ると、どれも一本二、三千円程度、アメリカでも二十ドル程度の安酒だったからです。このクラスの酒を後生大事に持ち帰るなんて割に合わないでしょう」

「スーツケースを開けた時点で安酒なのが分かったんですか」

「管内に税関のある警察に勤めているんです。そのくらいの予備知識はあります」

「早々に分かっていたのなら、どうしてわたしが裸になるのを見物していたんですか。取り澄ました顔をして、心の中で嘲笑《あざわら》っていたんですか」

「あなたの芸人根性に敬意を払って、パフォーマンスにお付き合いしただけです」

「この野郎」

「詳しい話は別室で聞きましょう。さあ、お連れして」

仁志村の指示で、瀬戸は両腕を取られて連行されていく。瀬戸の圧勝を信じていたギャラリーは唖然《あぜん》として彼の姿を見送る。

呆気《あっけ》に取られたのは咲良も同様だった。小心者と思えるほど慎重で、腰が低かった瀬戸はどこにもいない。いるのは、粗忽《そこつ》で傲慢《ごうまん》な運び屋の瀬戸ようじだった。

咲良はしばらく動けずにいた。


その夜のニュースで瀬戸の逮捕が報じられた。空港警察に連行された瀬戸は、その日のうちに全てを自供したらしい。

『瀬戸ようじ容疑者は覚醒剤密輸の容疑を認めております。それによれば、「数年前にニューヨークを訪れた際、現地の売人から覚醒剤を買ったのが最初だった。以来、渡米する度に覚醒剤を買う量が多くなり、遂《つい》には資金が足りなくなった。それで運び屋をする報酬として覚醒剤を提供してもらうようになった」とのことです。警察は余罪があるものとして追及、所属プロダクションからは謝罪のコメントが出ております』

キャスターの辛気臭い口調が嫌になり、咲良はニュースサイトを閉じた。午前の大量逮捕と午後の著名タレントの逮捕で、仁志村は大きく株を上げたかたちだった。

だが咲良は一向に寿《ことほ》ぐ気分になれなかった。好感を持っていた芸能人の嫌な部分を見せつけられたばかりか、鼻持ちならない警察署長の傲岸不遜《ふそん》を思い知らされたようで、胸がむかついていた。

経済的貧困や教育的貧困は決して犯罪行為の言い訳にはならないと仁志村は言った。では瀬戸の常習癖も言い訳にならないと断罪するのだろうか。覚醒剤常習者は被害者でもある。その被害者さえも問答無用で切り捨てるのか。

出世欲の権化のような男なら、おそらくそうするだろう。同情も憐憫《れんびん》もなく、瀬戸やあの外国人たちを自分がのし上がるための踏み台にするに違いない。改めて、冴子による仁志村の人物評を嚙《か》み締める。

もう二度と口をきいてやるものか。

咲良は固く誓ってベッドに潜り込む。

だが、その誓いは呆気なく破られる運命だった。

二　ＡＴＢ（エアーターンバック）

1

その男がチェックインカウンターに顔を見せた時、咲良はいつも以上に営業スマイルを強化させた。

累淵幸也《かさねがふちこうや》、コーワイ商事勤務。クラスプレミア。

髪に櫛《くし》は入れているものの、どこか不潔な印象を持たせる。加えて咲良たちと相対した時の目つきが、いかにも傲岸不遜《ごうがんふそん》なのでＧＳ（グランドスタッフ）たちの評判はすこぶる悪い。

「よろしく」

ひと言だけ告げて航空券をテーブルに置く。まるで今しがた犬の糞《ふん》を踏んだような顔をしている。商談の際には満面に笑みを浮かべるだろうに、どうして空港職員に対してはこんな表情を向けるのか、咲良には理解できない。

「ロンドン行きＡＮＡＮＨ２１２便ですね。確認できました。ありがとうございます」

「本当は窓側の席が希望だったんだが」

「申し訳ございません」

座席を埋める際には乗客を前後左右に偏らないように配置する。大人は一律七十キログラム（明らかに規格外の場合は本人から体重を聴取）として計上し、子どもは予約段階の運賃で自動的に振り分けられるようになっている。これは貨物も同様で、航行に支障が出ないように、チェックインカウンターで荷物の重量を計測しバランスを考慮して積み込む。従って予約といえども完璧《かんぺき》に搭乗客の希望が叶《かな》えられるとは限らない。

「中央の席は落ちつかないんだ」

「申し訳ございません」

「ちっ」

舌打ちをして累淵はカウンターから離れていく。フライトまではまだ一時間余もあるので、十中八九ラウンジに直行するに違いない。

今日は山吹千夏がラウンジの担当だ。累淵が顰蹙《ひんしゅく》を買うような振る舞いをすれば、千夏が報告してくれるだろう。

累淵の素行の悪さはGSの間でも有名だ。とにかく自分がプレミア会員であることを笠《かさ》に着て傍若無人の振る舞いをする。ラウンジでの飲食、リラクゼーション器具の使用は無料だが、ここを先途と高い酒と上等の食事を求める。飲み食いが意地汚いだけでなく、もっと高価な酒はないかと不平を洩《も》らす。大声でGSを呼び、セクハラ紛《まが》いの行為をし、食べ散らかす。

会員のランクは搭乗回数またはマイル積算対象運賃によって決まる。当然のことながら社用で利用するサラリーマンはマイルが貯《た》まりやすいので、ランクもすぐに上がる理屈だ。

クリスタル、サファイア、プレミア、ダイヤモンドの順にサービスの内容も上がっていく。

営利を追求する企業として利用頻度とサービスの内容が比例するのは当然かもしれないが、咲良としてはランクアップの条件に「人格」という項目を設けたいところだ。

ようやく休憩時間が回ってきたので、交替要員に引き継ぎをするや否や、咲良はオフィスに直行する。休憩室の前にオフィスに立ち寄るのは、業務中に目を通さなくてはならない重要書類が届いているからだ。まずオフィスでメールボックスを開け、書類を確認してからやっと休憩できるという案配だ。

現在、天候不良も使用機材搬入の遅れも報告されていない。全フライトに遅れは出ていない。咲良たちGSがフライトの遅延に過敏なのは、イレギュラー対応で休憩時間どころか帰宅時間まで遅れてしまうからだ。そのため、朝の五時前に朝食を摂《と》っただけで、次の食事が帰宅後になるなどということも日常茶飯事だ。

いきおい、食べられる時に食べるのが習い性となり、お蔭《かげ》で咲良もずいぶんと早食いになってしまった。今では牛丼一杯なら五分で掻《か》き込める。憧《あこが》れの航空会社に就職したというのに、自慢できるのが早食いというのではあまりに情けない。

途中の売店で弁当を買い休憩室に駆け込むと、案の定千夏が先にいた。

「お疲れ」

「お疲れー」

千夏は缶のコーラをちびちび飲んでいた。してみるとラウンジでトラブルめいたことはなかったらしい。

「なーに人の顔、じろじろ見てんのよ」

「ごめん。山吹の顔色見たらラウンジの様子が手に取るように分かるもんだから」

「わたしゃリトマス試験紙かい」

「一応、心配してたのよ。累淵さんがそっちに向かったと思ったから。でも、今回はラウンジに行かなかったみたいだね」

「来たよー。きっちり」

千夏は天井を見て言う。

「要注意人物だからさ、受付の時点でやってきたのは分かってたよね。こっちも身構えていたんだけど」

「でも山吹、穏やかにしてるじゃない」

「おとなしかったんだよ、珍しいことにさ。お酒をがぶ飲みするでもなし騒ぐでもなし、ただじっと座っていた」

千夏は肩透かしを食わせられたかのように唇を尖《とが》らせる。

「物足りなそう」

「全然。日々平穏が何より。トラブルやアクシデントがデフォな職場なんていくら神経が太くても保《も》たないわー」

それでも仕事を淡々とこなしているのだから、千夏も自分も相当に神経が太いのだろう。早食いと言い、ず太い神経と言い、GSを務めていると男性化していくような気がしてならない。

「あのオッサン、今日は落ち着かない様子だったのよ。碌《ろく》に飲み食いもせず、ずーっとスマホを見ていた。苛《いら》ついていたのは傍目《はため》にも分かった」

「ロンドンで重要な商談でもあるんじゃない」

「それならそれで、今からあんなに緊張するのもどうかと思うけれど。まっ、わたしには関係なし。て言うか、もし商談だったら取り返しがつかないくらいに大失敗してくれないかしら」

「どうして」

「左遷でもされたら海外出張することもなくなるだろうから、わたしたちとの接点もなくなるでしょ。めでたしめでたし」

人の不幸を祈るなど悪趣味の極みだが、どうせ千夏も本気で言っているのではない。ただし千夏の気持ちも理解できる。累淵というのはGSにそう思わせるだけの狼藉《ろうぜき》を働いてきた男なのだ。

「でも苛々しているのに、山吹たちに絡んでこなかったというのは不思議ね」

「あ、それはわたしも思った。イライラも段階ってあるじゃん。ただ落ち着かないとかそこら辺を歩き回るとか、人に当たり散らすとか」

「最後のが厄介ね」

「あのオッサン、それより重症だった。スマホ見ながら忙《せわ》しなく貧乏ゆすりしていたからね。会社の命運がかかったような、途轍《とてつ》もなく大きな商談を任されているのかもしれない」

とにかく他の客やGSに迷惑をかけないだけマシだ。苛立つなり悩むなりは本人が勝手にやってくれればいい。

「理不尽っちゃ理不尽よね」

「何が」

「どれだけ我がままでも傍若無人でも、機内で問題行動を起こさない限り放り出せないじゃない。ロビーやラウンジで迷惑かけても出禁にはできない。それを知っているから、あいつらつけ上がるんだよ」

「基本、客商売だからね。機内で問題行動を起こしたって、次から搭乗拒否はできない訳だし。犯罪者でない限り出禁は不可能」

「ラウンジで大声出すヤツは何の容疑でもいいから逮捕してくれないかしら」

千夏は訴えるような視線を投げて寄越した。

「蓮見さあ、あなた新任の警察署長さんと親しいんだって」

思わず噎《む》せそうになった。

「それ、どこの誰情報よ」

「チェックインカウンターで、あなたたちが話し込んでいるのを見たって人がいる」

「話し込んでいたら親しいのか」

仲を怪しまれるにしても相手を選ぶ権利はある。現状、仁志村は最も距離を置きたい相手の一人だった。

「いや、もし親しいんだったら、迷惑かけるヤツら全員逮捕してくれないかと思って」

「確かに懲罰意識は高いと思うけどさ」

咲良は瀬戸ようじを逮捕した際の、仁志村の容赦のなさを思い出した。

人気お笑い芸人である瀬戸が逮捕された後に浴びる罵倒《ばとう》と仕打ちは容易に想像がつく。覚醒《かくせい》剤の常習者であれば芸能界どころか社会復帰も遠い道程だろう。

だが仁志村の瀬戸に対する態度は冷徹で思いやりのひと欠片《かけら》も見られなかった。千夏には言わないが、あの署長には懲罰意識以上に上昇志向が見え隠れする。いずれにしても犯罪者を捕まえることに血道を上げる署長なら、千夏のお気に入りになるかもしれない。

「でも、わたしたちGSの訴えなんて聞いてくれそうにないよ。噂じゃ『人嫌いで酷薄で唯我独尊』らしいから」

千夏は怪訝《けげん》そうにこちらを見る。

「それこそ、どこの誰情報よ。わたしも顔は見たけど、丁寧で腰の低そうな署長さんじゃないの」

「人は見かけによらないよ」

「人は見た目が九割。てか、あの署長さん、なかなかイケメンじゃん」

「イケメンなら性格もいいのか」

するど千夏は急に真面目な顔になった。

「当ったり前じゃん。蓮見だって、これだけ毎日接客していたら顔と性格は大体一致しているって分かるでしょうに」

千夏の弁はさほど外れていない。そう言えばGSの男性スタッフも似たようなことを口走ったばかりに、女性スタッフからセクハラ呼ばわりされたことがある。もちろん例外はあるが、容姿がいいから性格も鷹揚《おうよう》になるか、性格がいいから顔つきが整っていくかのどちらかなのだろう。

「山吹の男を見る目に意見するつもりはないけど、仁志村署長だけは見かけで判断しない方がいいと思う」

「いやに慎重なのね」

「慎重にならざるをえないって言うか、危険な匂いがするのよ」

「そっちの方がよっぽどTLみたいな言い方じゃん」

「危険の意味が違うっ。仁志村署長のはね、下手に近づいたら、ちょっとした罪でも刑務所にぶち込まれそうな危うさなのよ」

「……うん。それは確かにヤバいわ」

本当に理解してくれたかどうかは不明だが、千夏はもっともらしく頷《うなず》いてみせた。


中番出勤の終業まで残り七分ほどとなった。この時間なら、以前から目をつけていたメキシコ料理店に飛び込める。咲良は今や遅しとその時を待っていた。

だが、あと五分のところで不吉なアナウンスが流れてきた。

『ロンドン行きANANH212便にご搭乗予定の累淵さま。ロンドン行きANANH212便にご搭乗予定の累淵さま。間もなく搭乗口締切の時間です。25番ゲートにお急ぎください』

まさか。

珍しくGSに迷惑を掛けないと安心していたら、直前になってこの仕打ちか。

咲良は途端に気分を悪くした。国際線の場合、出発時刻の最低三十分前には搭乗ゲートで待っていなくてはならない。もしその場に搭乗手続きを終えた客がいなければGSが捜し回る羽目になる。

累淵の顔を思い出した途端、げんなりしてきた。まあ、いい。搭乗遅れの客を捜すのは基本的にゲート担当の仕事だ。この上はさっさと切り上げて、ピリ辛のポソレでも食べて嫌なことを忘れなければ。

だが今日の咲良は運が悪かった。終業まであと三分と迫った頃、死神のような影が目の前に現れた。

雛形輝美だった。

頼むからやめてくれ言わないでほしいと祈った言葉を、輝美は当然のように口にする。

「蓮見さん、中番だからあと少しで終わりよね」

「はい」

「今のアナウンス、聞こえたでしょ。搭乗遅れのお客様がいらっしゃいます。捜すのを手伝ってくれないかしら」

丁寧な物言いだが、上司のお願いは命令と同義だ。

「あの、ゲート担当が足りないのでしょうか」

「担当に欠員はいません。しかし成田がどれだけ広いかは蓮見さんも承知しているでしょう」

「あの、呼び出されたお客様はある意味、ＧＳでは有名な方で」

「それくらいはわたしも知っています」

輝美は俄《にわか》に声を潜めた。

「複数の部署から報告は上がっています。ＧＳがつけたランクがＤなのも知っています。まさかDランクだから乗り遅れても放っておけと言うのですか」

「いえ、あの」

「問題のあるお客様だからこそ、尚更《なおさら》会社側の落ち度を晒《さら》すようなことがあってはいけません。相手の思う壺《つぼ》じゃありませんか。万が一クレームを入れられても、当方は万全の態勢で臨んだのだと主張する必要があります」

要するにアリバイ作りのようなものだ。そのアリバイ作りに参加せよとのお達しらしい。

「じゃあ、よろしく」

拒否する間も与えず、輝美は立ち去ってしまった。

咲良は落胆して肩を落とす。明らかなサービス残業だが、はっきり断れない己が情けない。

とにかく累淵を早急に捜し出し、帰路を急ぐしかない。

後の担当に引き継ぎをして、カウンターを飛び出す。輝美の弁ではないが、成田空港は呆《あき》れるほど広い。国際空港だからと言ってしまえばそれまでだが、この中からたった一人を捜し出すのは相当に難儀だ。端から端までしらみつぶしにするのはいかにも効率が悪い。本人が立ち寄りそうな場所を重点的に回るべきだ。

番号の似ている搭乗ゲートやトイレといった場所は、とっくに担当者が捜している頃だ。だがアナウンスが流れて五分は経過しているのに、未《いま》だ累淵が発見されたという報告はない。

では、どこにいそうか。

走りながら考えを巡らしていると、不意に千夏の言葉が甦《よみがえ》った。

『珍しいことにさ。お酒をがぶ飲みするでもなし騒ぐでもなし、ただじっと座っていた』

苛々している時は周りの様子に気づかないことが多い。頭が考えごとでいっぱいなら館内アナウンスも耳に入らないかもしれない。

咲良は方向転換してラウンジに急ぐ。今きた道とはまるで逆方向だ。通行人の間を縫うように走って五分強といったところか。

「申し訳ございません」

「急いでいます、すみませんっ」

人とすれ違う度に低頭しながら駆ける。今回に限らずGSはとにかく走らされる。入社前はこんなに脚力を使う仕事だとは想像もしていなかった。もしもタイムマシンがあったら、面接直前に戻って自分自身に現実を耳打ちしてやりたい。

累淵はどこだ。

わたしの夕食はいつだ。

累淵の上司、出てこい。

三分も走り続けると、そろそろ息が上がってきた。いったん立ち止まって携帯端末を確認するが、まだ本人は見つかっていない。

チクショウ。

汚い言葉を胸の内で呟《つぶや》き、再び駆け出す。ラウンジに辿《たど》り着いた頃には、はや六分が経過していた。中に飛び込んで早速見回してみる。

いた。

選《よ》りに選って離着陸が眺められる窓際の席に座り、スマートフォンを弄《いじ》っていた。

「累淵さまっ」

思わず声が大きくなるが構ってはいられない。

「アナウンスをお聞きになりませんでしたか。もうじき２１２便が出ます。今すぐ25番ゲートにお急ぎください」

搭乗遅れを告げられた客は大抵似たような顔をする。ひどく驚くか、さもなければ体裁悪そうに悄然《しょうぜん》とするかだ。

だが累淵は、そのどちらでもなかった。

余計なことを喋《しゃべ》るなというように、今にも舌打ちしそうな顔をしている。

「累淵さま」

「分かった。分かったから、あまり急《せ》かすな」

拗《す》ねたような物言いが引っ掛かった。だが咲良がひと言添えようとした瞬間、累淵は席を立って出口に向かう。

「累淵さま、お急ぎ」

「うるさいと言っているだろ」

言下に封殺し、累淵はラウンジを出ていく。猛烈に腹が立つが、彼がちゃんと搭乗ゲートに向かうかどうかを確認するために同行しなくてはならない。

今の今まで息が切れるほど駆けてきた自分は、ずっと体力を温存していた累淵と比べスタートの時点で大きなハンデがある。咲良は見る間に引き離され、25番ゲートに辿り着いた時には、累淵がゲートを通過した後だった。

咲良は手近にあった椅子の背に両手を突いて体勢を保つ。そうでもしなければまともに立っていられなかった。

ゲートの担当たちは咲良の様子から、どれだけ走ったのかを察したらしく、済まなそうに頭を下げる。一方、累淵は一度も振り返ることなくゲートの奥へと消えていく。

待合室には他の客の目がある。咲良は姿勢を正し、累淵の背中に向かって頭を下げる。

「いってらっしゃいませ」

胸の裡《うち》では別の言葉を贈っている。

戻ってくるな。

地上では累淵の相手はGSの担当だが、ひと度飛行機が離陸してしまえば、後はCA（キャビンアテンダント）の仕事だ。咲良たちが負うべき責任はなくなる。

視界から累淵の姿が完全に消え去ると、ようやく咲良は脱力した。今から急いで店に間に合うかどうかは微妙なところだった。

2

無事に離陸が完了すると、シートベルト着用サインが消えた。

『皆様、今日もスターアライアンスメンバー、当航空をご利用くださいましてありがとうございます。この便はANANH212便ヒースロー空港行きでございます。機長は黒石《くろいし》、私は客室を担当致します勝《かつ》でございます。機内は化粧室を含め全席禁煙です。電子タバコ等もご使用になれません。それでは、どうぞごゆっくりお過ごしください』

マニュアル通りのアナウンスを終えた勝夏海《なつみ》はマイクを切って、狭い通路を歩き出す。国際線はその頃から食事サービスの準備を始める。ギャレー（厨房《ちゆうぼう》）担当はカートのセッティング、キャビン担当は搭乗客の確認、機内温度の調整等を行うことになっている。

キャビン担当の夏海はいつもの営業スマイルを浮かべながら、いち早くその搭乗客を目で追っていた。ビジネスクラス・ファーストクラスの搭乗客は名前を憶《おぼ》えさせられるが、その人物については強烈な記憶があるので、憶える努力はしなくて済む。

累淵幸也、コーワイ商事勤務。クラスプレミア。

以前より粗暴な振る舞いでCAたちにも嫌われているが、今回は遂《つい》に搭乗遅れまでしでかした。報告によればゲート締切の時刻をわずかに過ぎて何とか駆け込んだらしい。

正直、締切が過ぎたのなら搭乗させてほしくなかった。地上にいるうちは本人がどんな振舞いをしようとGSが処理してくれるが、いったん離陸してしまえば夏海たちに全責任が掛かってくる。問題行動を起こす客は誰だってご免こうむりたい。

それとなく累淵を監視すると、既にスマートフォンを弄っている。気になるサイトでも閲覧しているのか、そわそわと落ち着かない様子だ。

「累淵さま、お飲み物はよろしいでしょうか」

いつもなら高いワインをぞんざいに注文するはずだが、今日は違った。

「要らん」

ぞんざいな態度は変わらないが、検索か閲覧に夢中で飲み物にまで頭が回らないらしい。こちら側としては楽なのだが、どうにも気味が悪い。

一巡して乗務員休憩室に戻ると、チーフパーサーの三村遼子《みむらりようこ》がいた。

「例の問題客、どうだった」

言うまでもなく累淵のことだ。

「しきりにスマホを見ていました。飲み物は不要だと」

「あまり手が掛からないのも却《かえ》って不気味ね」

遼子の耳にも搭乗間際の騒ぎは入っている。同じ問題行動であっても、普段とは様相が異なる点が気になるようだ。

「身元はしっかりしているから、さすがに安全阻害行為まではしないと思うけど」

累淵に限らず、問題行動を起こす社用族には共通点がある。どこで仕入れた知恵か知らないが、機長判断が必要になるような事態にまでは至らず、迷惑行為がその手前で留《とど》まっている点だ。被害を受ける立場の夏海たちには忌々しくてならないが、規定された範囲内の悪行なので注意勧告しかできない。

「とりあえず薄目で監視する必要はあるかもね」

「あの人も、仕事相手には愛嬌《あいきよう》を振りまいているんでしょうね。普段のやんちゃぶりはその反動なんでしょうか」

「あれが素で、商売相手にも同じ態度を取っているのなら裏表はないけど社会人失格。自分より強い立場の者に対してのみへいこらしているんだったら、世渡りは上手《うま》いかもしれないけど人間として失格」

「どちらにしても失格じゃないですか」

「ついでに男として最低」

「うわあ」

外に洩《も》れないよう小声で話しているが、すぐ傍にいる客を悪罵しているのだからスリルは満点だ。

「だけど、そういうお客様が何度も利用してくださるからウチの経営が成り立っている」

「そうなんですよねー」

「どこかのハンバーガー屋さんはスマイル〇円だけど、わたしたちは笑顔をちゃんと商品にしている。だって、どんなお客様にでも愛想よくサービスしてリピートしてもらっているのだから」

さすがにチーフパーサーともなると言うことが違う。

「わたし、まだその境地には至れません」

「よく聞く話だけれど、お客様の顔をお札に見立てればいいのよ。ああ、今一万円札に悪態吐かれていると思えば腹も立たないでしょ」

「わたしの知っている福澤諭吉《ふくざわゆきち》は、あんなに不機嫌そうな顔をしていませんけど」

「そこは想像力」

遼子は両方の拳《こぶし》を握ってみせる。

「とにかく他のお客様に迷惑が及ばないように。それが最低条件」

「了解です」

夏海は自分用に持ち込んだマグボトルからコーヒーを注ぎ、ひと口啜《すす》る。

上司の励ましと熱いコーヒーで、何とか人心地がついた。

問題が生じたのは離陸して三十分が経過した頃だった。

「おいっ」

累淵が切羽詰まった様子でCAを呼びつける。そろそろきたかと、夏海は覚悟を決めて彼の許《もと》に歩み寄った。

「お呼びでございますか」

「今すぐ引き返してくれ」

一瞬、聞き間違いかと思った。

「聞こえなかったのか。今すぐ成田に戻してくれと言ったんだ」

「累淵さま、申し訳ございません。どうもわたしはそのジョークの面白さが理解できないようです」

「ジョークじゃないいっ」

矢庭に累淵が声を荒らげたので、隣席の老婦人がびくりと肩を上下させた。

「今すぐ戻せ」

「無理なことを仰《おつしや》らないでください。もう当機は日本の領空内を出ているんです」

「領空内だろうが侵犯だろうが関係ない。さっさと引き返してくれ」

「無茶を言わないでください」

これが新手の嫌がらせか。覚悟を決めたのは我ながら正しい心構えだった。

「あまり騒がれると、安全阻害行為になりかねません。そうなれば」

脅し文句のつもりだったが、累淵はそれ以上の言葉を用意していた。

「引き返さないと大変なことになる」

すると通路を隔てた隣席の男性が二人の間に割って入ってきた。

「おい、おじさん。さっきから聞いていたらずいぶん傍迷惑な話をしているじゃないか」

男性は平間《ひらま》聡司《さとし》、三十四歳。やはり何度かビジネスクラスを利用している客だった。

「CAさんが迷惑している。ついでに俺も迷惑だ」

「関係ないヤツは黙っていてくれ」

累淵はにべもない。

「関係なくはない。あんたの声がうるさくて休めない。大声出すなら飛行機の外に出て騒いでほしいな」

「うるさいのはそっちだ。いちいち口を出すな」

「何だと」

平間の態度が硬化する。辺りはたちまち剣呑《けんのん》な空気に変わった。

「飛行機をタクシーや何かと勘違いしているのか、オッサン。そのなりで子どもみたいなことを言ってんじゃねえよ。俺も他の乗客もそれぞれの事情でイギリスに向かっているんだ。勝手なことを吐《ぬ》かすな」

いいぞもっと言ってやれと、夏海は内心で快哉《かいさい》を叫ぶ。だが平間がいくら凄《すご》んでも、累淵は一向に怯《ひる》む様子がない。それどころか火に油を注いだように更に声を荒らげる。

「若僧、偉そうな口を叩《たた》くな。何も事情を知らんくせに」

「事情なら分かるさ。生え際の後退したガキがやんちゃを言って騒いでいるだけだ」

「CA。こんなヤツに構わず飛行機を成田に戻せ。もしもの時には責任が取れなくなるぞ」

「このクソオヤジ」

遂に平間の手が累淵の襟を摑《つか》み上げた。

「俺ぁイギリスに大事な用があるんだ。そんなに引き返したけりゃ、オッサン一人で飛行機から飛び降りろ」

「その手を離せ、若僧。それから口を閉じておけ」

「その台詞《せりふ》、そっくりそのまま返してやる」

売り言葉に買い言葉で二人の応酬は熱を帯びていく。いつ取っ組み合いが起きても不思議ではない状態だ。

もう自分では止めようがない。そう判断した夏海が踵《きびす》を返そうとした時、累淵が声を掛けてきた。

「これじゃあ埒《らち》が明かない。機長を呼んでくれ」

ただの脅しではなく、悲愴《ひそう》感が漂っていた。

「頼む。命がかかっているんだ」

「累淵さま、いったい何を」

「飛行機に爆弾を仕掛けた」

一拍の後、血の気が引いた。彼の襟を摑んでいた平間はそのまま凝固したようになり、周囲の乗客も顔色を変えた。

「……ごじょ」

「ジョークじゃないと何度言ったら分かるんだあっ」

累淵はここぞとばかりに声を張り上げる。

「成田に引き返して貨物室から荷物を出せば何とか助かる。空の上で爆発したら全員死亡だぞ」

累淵の宣言に反応して何人かの乗客が悲鳴を上げる。中には立ち上がって通路に飛び出した者もいる。

「お客様。どうか落ち着いてください」

手荷物検査や貨物検査の厳重さに鑑《かんが》みれば、機内に爆発物を持ち込むのは不可能と言ってもいい。だが、そう断言してしまえる自信は夏海にない。時としてテロリストや犯罪者の考えることは非常識で、独創的だ。

とにかく機内でのパニックは避けたい。自分自身が叫び出したい衝動を堪《こら》えて、夏海は遼子の許に急ぐ。累淵の言葉は本当なのか、それとも虚言なのか。いずれにしてもコックピットの中に入れる客室乗務員はチーフパーサーの遼子だけだ。

見つけ出した遼子に事の次第を伝えると、彼女は瞬時に顔を強張《こわば》らせた。

「徒《いたずら》に爆弾の話を広めないようにして。機長には今すぐ知らせます」

「問題の人物を確保しておかなくていいですか」

遼子はしばらく考え込んでいたようだが、あまり待たせることなく答えた。

「下手に押さえつけて騒ぎが大きくなったら元も子もありません。狂言でも真実でも、機内を捜索する必要があります。今はとにかく乗客を冷静にさせて機長に判断を委《ゆだ》ねましょう。最悪ATBになるかもしれませんが、死傷者さえ出なければ御の字です」

ATBとはAir Turn Back（エアーターンバック）の略で、飛行中に急病人が発生したり航空機に不具合が生じたりした際に出発地に引き返すことを指す。場合によっては引き返した後の対応が煩雑になるが、乗客の命を護《まも》れるなら安いものだ。

「お願いします」

遼子がコックピットに向かう一方、夏海は元の場所に取って返す。今まさに累淵と平間が揉《も》み合い、他の乗客が二人を押さえ込んでいる最中だった。

「皆さん、席にお戻りくださいっ」

「でもCAさん。この人を放っておいたら危険じゃありませんか」

正念場だ。

夏海は深呼吸を一つしてから累淵を正面から見据える。

「累淵さま」

「何だよ」

「今、機長に判断を仰いでいます。恐れ入りますが、スマートフォンをお預けいただいた上でトイレに籠《こも》っていただけませんか」

「俺を監禁するつもりかよ」

「お聞き届けいただけないのであれば、四肢を拘束した上で放り込ませていただきます」

よくもまあ、自分の口からこんな脅迫じみた台詞が出るものだと驚く。人間、死んだ気になれば度胸が据わるものだ。

夏海の言葉に同調したのか、平間をはじめとした乗客が累淵を取り囲んだ。

無言の圧力に気圧《けお》されてか、累淵は然《さ》したる抵抗も見せずに夏海の命令に従う。夏海は彼からスマートフォンを取り上げ、男性乗務員に身体検査をさせた後、トイレに閉じ込めた。無論、二人の見張りを置いた。

ようやく乗客たちに落ち着きが戻った頃、遼子が戻ってきた。

「問題行動を起こしたお客様は」

累淵をトイレに閉じ込めた経緯を説明する。すると遼子は目を丸くしてこちらを見た。

「あなたの判断でそこまでやったの」

「乗客を冷静にさせるには、問題の人物を目の届かない場所に移すしかないと考えました」

遼子は驚き半分呆れ半分という表情だった。

「この状況下では最適な判断だと思いますよ」

「ありがとうございます。それで機長は何と」

「ATBです。機長のアナウンスの後、成田に引き返します」

結局は累淵の要求を呑《の》む結果となったが、爆弾云々《うんぬん》の話が出た時点でATB以外の選択肢はなかったのだ。憤懣《ふんまん》遣《や》る方ないが、致し方ない。

「空港警察には既に連絡済みです。引き返した後、スタンバイシップ（代替、振替用機）に乗り換えるか、それとも同じ機で出発するかは分かりませんが、どちらにせよ忙しくなるのは覚悟してください」

機内で爆発に怯《おび》えることに比べれば、ものの数ではない。夏海は力強く頷いてみせる。

その直後、黒石機長のアナウンスが流れてきた。

『機長の黒石です。只今《ただいま》、機内にて問題が発生しました。よって当機はいったん成田空港に引き返します。お急ぎのところ申し訳ありませんが、速やかに乗務員の指示に従ってください。繰り返します。只今、機内にて問題が発生しました。よって当機はいったん成田空港に引き返します。お急ぎのところ申し訳ありませんが、速やかに乗務員の指示に従ってください』

乗客の中からは安堵《あんど》と戸惑いの声が同時に洩れる。一番反応が顕著だったのは平間だった。

「おい。何で戻るんだよ」

「お静かに願います」

「あのオッサンはトイレに閉じ込めたし、爆弾なんて嘘に決まっている。このままヒースロー空港に向かってくれよ」

「お客様」

しばらくの間、夏海は平間と押し問答を続ける羽目となった。

3

人間、ついていない時はとことんついていない。

咲良が業務を終えて空港を出るとにわか雨に祟《たた》られた。

ずぶ濡《ぬ》れになりながら、やっとの思いで駆けつけたメキシコ料理の店は臨時休業だった。ならばと本日最後の楽しみにしていた推しのアニメはスポーツ中継の時間変更で録画に失敗していた。

最悪の日だ、こんな日はさっさと寝るに限る。そう考えてベッドに入った途端、着信音が鳴った。発信者はチーフの輝美だった。

こんな時間に入る会社メールに碌なものはない。恐る恐る中身を開いてみると案の定だった。

『ＡＮＡＮＨ２１２便がＡＴＢ。至急、戻ってください』

何かの冗談としか思えなかったので、すぐに返信した。

『お疲れ様です。蓮見です。ＡＴＢ、対応する人員が足りないのでしょうか』

対応ならゲート担当だけで足りるんじゃないのか。チェックインカウンターに立っていた自分が呼び出される必要はないんじゃないのか——暗に抗議したが、相手の方が一枚上手だった。

『テロあるいは威力業務妨害の疑いがあり、既に空港警察がスタンバってます。対象者がチェックインした時からの状況を聴取したいそうです』

空港警察の四文字を認めた瞬間、仁志村の顔が浮かんだ。

「ああ、もうっ」

思わず声に出すと、咲良はベッドから跳ね起き、またもや制服に着替える。至急の呼び出しなら会社と契約しているタクシーを使うしかない。窓を開けて外に向かって吼《ほ》えたい衝動を抑えて、身支度を整えた。

そろそろ深夜帯に差し掛かる時刻であるにも拘《かかわ》らず、空港はどこか慌しい雰囲気に包まれていた。指示されていた到着ゲートに向かうと人で溢《あふ》れ返っている。言うまでもなくターンバックしたＡＮＡＮＨ２１２便の乗客たちに相違ない。

「代わりの飛行機はいつ出発するんですか」

「座席に変更はないんですよね」

「あの、ウチのワンちゃんの様子はどうなのでしょうか。貨物室に入れたり出したりを繰り返したらストレスが溜《た》まって大変なことになるんじゃないかしら」

「待ち時間だって俺には貴重なんだ。おたくらの会社から、賠償金は出るんだろうな」

「頼むから早くしてくれ」

口々に文句を言い立てる客にゲート担当のスタッフたちが対応しているが、とても手が足りている状態ではない。スタッフ一人につき五、六人の客が群がっている有様だ。

輝美の姿はゲートから離れた場所で見つけた。咲良が駆けつけても、表情は強張ったままだ。

「チーフ、お疲れ様です。スタンバイシップはあるんですか」

「ない。だから２１２便の点検が終わり次第、再搭乗していただく予定です」

再搭乗するだけなら、誘導するスタッフは少なくて済むはずだ。こちらの不審が顔に出たのか、輝美は説明を続ける。

「例の累淵様が、機内に爆弾を仕掛けたとＣＡを脅したようです。今、スタッフと空港警察が手分けして機内を捜索中です」

客室だけではなく貨物内まで隈《くま》なく捜索するとなれば、熟練のスタッフでも一時間は要する。

警察官が加われば時間が短縮するというものではなく、却って手間暇が掛かることが多い。爆発物があるにせよ、あるいはないにせよ、全ての捜索が終わるには二時間以上といったところか。

スタンバイシップがなく、212便に再搭乗するしかないのであれば、その間搭乗客には待ってもらわねばならない。当然、クレームを入れてくる客もいるだろう。

咲良が呼ばれたのは事情聴取のためだ。クレーム対応は他のスタッフに任せておけばいい。だが、咲良にしてみれば慣れぬ事情聴取よりも、手慣れたクレーム対応の方がまだ気楽な部分がある。

「向こうで人を待たせているんだって。何回言わせりゃ気が済むんだ」

クレーム客の中でもひときわ大声を出している者がいる。誰かと思えば、咲良が搭乗手続きをした平間聡司ではないか。

「お客様。212便は点検が済み次第、すぐにでも離陸しますので、しばらくお待ちいただけませんか」

「だ、か、ら。いつまで待たせると訊《き》いてるんだ」

いつもビジネスクラスを利用しているので自《おの》ずと顔と、ある程度の素性は知れている。いつもラフな服装をしているので、おそらく自由業と思われる。

「ロンドンでは友人が俺の到着を今か今かと待っている。この遅れが原因で友情に罅《ひび》が入りでもしたら、どう責任を取るつもりだあっ」

チェックインカウンターではいつも紳士然としている平間が、これほど激昂《げきこう》している姿を見せるのは意外だった。ゲート担当の女性スタッフはまだ入社から日が浅く、平間の対応に苦慮している。

「ご迷惑をおかけして本当に申し訳ありません」

半ば怯えるように低頭し続ける彼女を見ていると、懐かしい痛みとともにお節介の虫が頭を擡《もた》げてきた。

空港に勤める職員なら誰でも一度や二度は理不尽なクレームを浴びている。接客業の宿命とは言え、飛行機が遅れる大半の原因は天候など人為の及ばないものだ。それでも空港職員は利用者に頭を下げ続ける。

頭で考えるより先に足が出た。そのまま平間と女性スタッフの許に駆けつけようとする寸前、輝美に制止された。

「おやめなさい」

「でも」

「ターンバックした機であっても、到着ゲートから出てこられたお客様の対応は彼女の役目です。蓮見さんが割って入っても意味がありません。わたしたちには職域というものがあります」

輝美の言うことは検討する余地もないほどの正論だ。咲良が抱えている感情論では何の抵抗もできない。

言葉に詰まっていると、輝美の背後から男の声が発せられた。

「では、割って入るのがわたしなら多少の意味はありますね」

声の主は仁志村だった。

「署長さん。どうして」

「機内でのテロ行為、もしくは乗務員への威迫行為は立派な犯罪ですよ」

「でも、署長さんが自ら現場で対応なんてするものなんですか」

「着任間もない新署長ですからね。少しは部下にいいところを見せませんと」

そう言うと、仁志村は平間と女性スタッフの方へ躊躇《ちゅうちょ》なく歩いていく。

「警察の者です。何かトラブルでしょうか」

仁志村の姿を認めるなり、平間はぴたりと動きを止めた。

「刑事さん、ですか。いや、別にトラブルというほどのものでは」

「公共の場所ですので、なるべくお静かに願います。いったい何がありました」

「いえ、あの」

「別に職務質問ではありませんから、気楽に答えてもらえれば結構ですよ。失礼ですがお名前を」

物腰は柔らかだが有無を言わせぬ口調に、平間は渋々といった体で応じる。

「平間聡司。貿易商を営んでいます」

「ほう、貿易商。イギリスには社用ですか」

「いえ、在英のオーディオ仲間がいまして。彼に部品をプレゼントするんですよ」

「オーディオの部品ですか。そういうものは海の向こうでも簡単に入手できるんじゃないですか」

「刑事さん、日本のオーディオメーカーの技術力を侮っちゃいけませんよ」

仁志村への対応に慣れてきたのか、平間の舌は次第に滑らかになる。

「多くの国内オーディオメーカーが海外企業に買収されていますが、裏を返せばそれだけ国内メーカーの技術力が買われている証拠です」

「イギリスのご友人にはどんな部品をプレゼントするおつもりなんですか」

「オーディオボードはご存じですか」

「生憎《あいにく》、最近はサブスクをイヤフォンで聴くのが精一杯で」

「アナログレコードやブルーレイといった円盤系のパッケージメディアは、テーブルを回転させて信号を読み取ります。従って振動が最大の敵になるんですが、オーディオボードというのはプレイヤーと床の間に挟んで振動を遮断する絶縁材です」

「お聞きする限りは至極ありふれた部品のように思えますね」

「無論、プレイヤー自体にもインシュレーターがついていますけど、あくまで付属品の域を出ません。わたしたちのようなエンスージアストはそれでは到底満足できないのですよ」

説明を聞いた仁志村は納得顔で頷いてみせる。

「因《ちな》みに平間さんがプレゼントされるものは、どれくらいの値段がするのですか」

「人工大理石をこう、二枚重ねたかたちなんですが、まあ五十万円は下りませんね」

値段を聞いて咲良の方が驚いた。自分の給料の二カ月分ではないか。

平間のオーディオ談義は尚も続く。

「金額よりも重さが重要です。二十キロ以上はあるんじゃないかな」

話を聞いて思い出した。平間のキャリーケースを検査する際、重量は二十五キロを超えていた。いったい何を詰めているのかと思ったが、大理石が二枚も入っていれば重いはずだ。

「どうも、そのレベルの話になると、わたしなんぞではついていけませんね」

「ああ、失礼。つい夢中になって」

「いえいえ。落ち着かれたなら何よりです。再搭乗まで、しばらくお待ちいただけますか」

「それはもう」

咲良は大したものだと感嘆した。あれほど怒り昂《たかぶ》っていた平間を、すっかり丸め込んでしまったではないか。

思い返してみれば仁志村は話し上手というよりは聞き上手だった。誠実そうな面立ちなので、相手はつい警戒心を緩めてしまう。こちらの言いたいことをするすると引き出す術《すべ》に長《た》けているので、知らぬうちに余分なことまで喋ってしまうという案配だ。

「大したトークスキルじゃないの」

横で成り行きを見守っていた輝美も感心しきりだった。

「GS向けの講師をお願いしようかしらね」

「チーフのご指導で充分だと思います」

もちろんお世辞だが、仁志村からスキルを伝授されることを思えば、いくら輝美を持ち上げてもいい。

その仁志村が微笑み顔のまま戻ってきた。

「さて。問題の搭乗客をチェックインカウンターで迎えたのは蓮見さんでしたね。彼は既に空港警察で身柄を保護しています。あなたにも当時の様子をお訊きしたいので、わたしと同行してください」

本来、その目的で呼ばれたのだから元より咲良に拒否権はない。それでも藁《わら》にも縋る思いで輝美に目で助けを求めたが、上司は笑って手を振るだけだった。

「では参りましょうか、蓮見さん」


身柄を保護していると言うので、てっきり新空港道《しんくうこう》を挟んだ空港警察の庁舎に向かうとばかり思っていたが、意外にも連れていかれたのは第1ターミナル地下一階の詰所だった。

「容疑者を取り調べるんですよね。詰所でいいんですか」

「事情聴取の段階ですからね。話を聞くだけならさほどスペースは必要ないし、蓮見さんも気軽に話せるでしょう」

確かに厳《いか》めしい警察庁舎よりも普段見慣れている詰所の方が緊張せずに済む。ただし、それは聞き手が仁志村以外の場合だ。

自分は悪事を働いている訳でも職務規程に反している訳でもない。見聞きしたそのままを話せばいいはずだ。だが油断のならない仁志村を目の前にすると、自ずと身構えてしまう。

仁志村が足を踏み入れると、詰所にいた警官たちが一斉に直立不動となった。

「ああ、いいからいいから」

皆が敬礼する中、仁志村に先導されていくのは何とも妙な気持ちだった。

誘《いざな》われたのは三畳もないような部屋で、窓もなく息苦しいことこの上なかった。

「さて、累淵さんが機内で取った問題行動はご存じですか」

「『飛行機に爆弾を仕掛けた。成田に引き返して貨物室から荷物を出せば何とか助かる』。そんな風にＣＡを脅したと聞いています」

「現場に居合わせた乗務員の証言通りです。さすがに御社の連絡網は迅速かつ正確ですね。今回、彼を最初に相手したのはあなただ。普段と何か変わったところはなかったですか」

「『よろしく』とだけ仰って航空券をテーブルに置きました」

「ずいぶん無愛想だ」

「それはいつもなんです。今回違っていたのは、搭乗するまでにひと悶着《もんちゃく》起こしたことです」

　咲良は、累淵が締切間際になっても搭乗ゲートに現れずスタッフ総出で捜し回ったことを説明する。

「結局、ラウンジで見つけることができて事なきを得たんですけどね。こっちが必死で捜しているっていうのに、本人はスマホに夢中で搭乗時間さえ忘れているような感じで」

「ひょっとして、ラウンジではずっとそんな調子だったのですか」

　千夏から伝え聞いた様子をそのまま話す。

「今日は落ち着かない様子で、何も召し上がらず、ずーっとスマホを見ていたと聞いています。苛ついていたのが傍目にも分かったって」

「搭乗時間を忘れてしまうほど熱中していた訳ですか」

「きっとイギリスでの商談で緊張していたんだろうって噂していたんですけど、今から思えば爆弾のことで頭がいっぱいだったんでしょうね」

「さあ、それはどうでしょう」

仁志村は曖昧《あいまい》に言葉を濁す。

「違うんですか」

「本人の供述が、どうもはっきりしないのです。仕掛けた場所を喋ろうとしないのはともかく、爆弾が時限式なのか遠隔操作なのかも話さない」

「それを話しちゃったら、もう何も隠すことがなくなっちゃいますね」

「わたしは正直、眉唾《まゆつば》な話だと思っています」

「累淵さんが嘘を吐いているというんですか」

「大前提として、成田空港の現状のセキュリティを搔い潜って、機内に爆発物を持ち込めるかどうかという問題があります。それはわたしでなくても、空港職員である蓮見さんが熟知していることでしょう」

咲良は言葉に詰まる。貨物室に送られる荷物はベルトコンベヤに載せられて爆発物検査装置（ＥＤＳ）を通過する。ＥＤＳは手荷物のインライン検査にも導入されているので、手荷物に爆発物を潜ませるのはまず不可能と考えていい。

「機内に爆弾を仕掛けるという行為は自らも爆発に巻き込まれることを意味します。しかし一介の会社員である累淵さんが自爆テロを企てる動機がまるで見えてこない」

「どうして累淵さんがそんな嘘を吐く必要があるんですか」

「それは本人に訊いてみないと分かりません。おそらく彼が一生懸命覗《のぞ》いていたスマホに、その解答が潜んでいるでしょうね」

仁志村は何やら意味深なことを呟くが、決して説明まではしてくれない。警察官だから捜査内容を容易《たやす》く口にできないのは理解できるが、仁志村の場合は本人の性格に依るところも大きいのではないかと思える。

「捜査にご協力いただき、ありがとうございました」

「え。事情聴取、これでお終《しま》いなんですか」

「ええ、これで充分です」

仁志村に促されて咲良は部屋を出る。あまりの呆気《あっけ》なさに肩透かしを食わせられた気分だった。

＊

咲良を送り出した仁志村は、同じ第2ターミナルの地下一階詰所へ移動する。こちらでは事件を起こした累淵が身柄を拘束されている。

「お疲れ様です」

広末《ひろすえ》刑事課長が最敬礼で迎えてくれる。仁志村自身は儀礼が苦手だが、広末は儀礼と職業倫理が階級章をつけているような男だった。

「容疑者の様子はどうですか」

「逮捕時よりはずいぶん落ち着きました。しかし、早く家に帰せの一点張りです」

「暴れないのなら、それに越したことはありません」

「署長。やはり署長ご自身が取り調べにあたられるのですか」

「そうお伝えしたはずですが」

「現場は捜査員に任せてみてはいかがでしょうか」

慇懃《いんぎん》な口調に、わずかながら抗議の響きが聞き取れる。本来なら巡査部長のする仕事を警視である自分が掻っ攫《さら》っているのだ。刑事課を束ねる広末にすれば当然の話だろう。

「別に彼らから仕事を奪おうというんじゃありません」

仁志村はいつもの笑顔でやり過ごすことにした。

「空港は特殊な場所です。巨大建築物の中にあり、定時に定員分だけ人の出入りがある。防犯カメラが捕捉《ほそく》していない箇所はほとんどない管理区域なのに、それでも日々何らかの犯罪が発生する。前任地での経験だけでは十全に理解ができない。現場を知るために、今少しわたしの我がままを聞き入れてください」

「署長がそのように仰るのであれば、何も異存はありません」

広末の前を横切り、取調室に向かう。やはり三畳ほどの狭い空間に累淵が拘束されている。

「仁志村と言います」

正面に座り、累淵を見据える。着任以来、最大事件の容疑者は逃げ場所を失った小動物のように怯えていた。これで落ち着いた状態と言うのだから、逮捕時の足掻《あが》きぶりが窺《うかが》い知れる。

「今すぐ家に帰してください」

累淵の顔には切実さがある。暴れることは少なくなったものの、逆に焦燥が増している模様だ。

「機内でテロ行為をしたんです。簡単に解放してくれると思わない方がいい」

「テロ行為だなんて。あれは単なる冗談なんです。その証拠にわたしの荷物からは爆弾なんて出てこなかったでしょう」

「あなたは機内で『飛行機に爆弾を仕掛けた』と言った。その言い方だと、自分の荷物に仕掛けたとは限らず、範囲は機内全てに亙《わた》る。あなたも搭乗したから知っているでしょうがANA212便は結構な床面積がある。座席の下、シートポケット、収納棚、ギャレー、乗務員休憩室には無数の隠し場所がある。あなたの発言が冗談であるのを証明するには、まだまだ時間が掛かる」

「ああああ」

累淵は絶望の声を上げる。機内で他の乗客やCAたちを脅した人間と同一人物とは到底思えない。

「仮にあなたが言った通り、爆弾を仕掛けたと言ったのが冗談であったとしても威力業務妨害罪に問われます。三年以下の懲役または五十万円以下の罰金。また、『爆弾を仕掛けた』という発言によって航行中の航空機の針路を変更させたり、その他その正常な運航を阻害したりした場合はハイジャック防止法の航空機運航阻害罪に問われます。航空機運航阻害罪は一年以上十年以下の懲役。いずれにしても何らかのペナルティーを科せられることは覚悟しておいた方がいい」

「十年以下の懲役」

鸚鵡《おうむ》返しのように呟くと、累淵は両手で顔を覆って呻《うめ》き声を上げげた。

「駄目だ。間に合わない、とても間に合わない。いったん家に帰してもらうことはできませんか」

「保釈のことを言っているんですか。生憎、保釈の対象になるのは一年未満の懲役・禁錮《きんこ》にあたる罪で起訴された場合です。あなたの場合はまだそれに該当しない」

「そんな」

累淵の絶望は表情筋にまで到達した。

「そんなつもりじゃなかった。わた、わたしは成田まで引き返してくれればそれでよかったのに」

そろそろ頃合いか。

仁志村は机の上にビニール袋を置いた。袋の中には累淵から押収したスマートフォンが入っている。

「中身を検《あらた》めさせてもらいました」

「ロックしていたのに」

「老婆心ながら言わせてもらえば、パスワードを生年月日にしない方がいいですよ」

仁志村はビニールの上からスマートフォンを操作する。即座に表示されたのは白いチワワだった。

「このチワワ、あなたのペットですか」

「ああ、ロン……」

名前はロンというのか。

「あなたが搭乗時間ぎりぎりになっても通話を続けていた相手も判明しました。千葉市内の

〈まにわペッツ〉というペットホテルですね」

累淵はおろおろしながら頷く。

「今度のイギリス行きは二週間の滞在予定でした。ペットホテルに預けるしかなかったんです」

「留守中の不安を解消するためにペットホテルに預けたんでしょう。それなのに、しょっちゅう写真を送らせたり先方と連絡してたりしたのは何故ですか」

「フライト直前になって、ロンの具合が急変して……辛《つら》そうにぜいぜい呼吸をして、舌が紫色になったんです。医者の話では肺水腫《はいすいしゅ》だろうって」

「肺水腫は重症になると生命の危険があるようですね」

「実際、そのまま急死する可能性もあると言われました。それで居ても立ってもいられなくなって」

「挙句に爆弾騒ぎですか」

「ひょっとしたら今日のうちに死んでしまうかもしれない。そう考えたら、せめてロンだけは死に目に会ってやらなきゃと思い、つい爆弾を仕掛けたなんて口走ってしまいました」

「せめてというのは、どういうことですか」

「二年前、やはり海外出張中に妻と子を事故で亡くしました」

その事実はとうに調べてある。

「わたしが帰国した時には、既に二人とも荼毘《だび》に付されていました。せ、せめて死に目には会いたかったのに。二人が死んだ後はロンだけがわたしの家族になりました。この上、ロンもいなくなってしまったら、わたしは、わたしは」

「ペットの件を今まで黙秘していたのは何故ですか」

「ロンのことを思うと気が気ではなく、機内では咄嗟《とっさ》にあんなことを口走りました。しかし、いざ成田に戻ってからの大騒ぎを見て我に返ったんです。自分は何て大それたことをしてしまったんだろうと」

「引き返す理由が、ペットの身を案じたからとは言い出せませんでしたか」

「わたしには唯一の家族ですが、他人にしてみれば、たかがペットでしょうから」

ペットの件を暴露されては身構える必要もないと考えたのだろう。累淵はすっかり観念した様子で、全てを自供し始めた。

「後で改めて調書を取るので、その際に同じことを供述してください」

「申し訳ありません」

「ああ、言い忘れていました。先刻、〈まにわペッツ〉に確認したところ、あなたのペットは何とか持ち直したそうです」

「本当ですか」

それまで悄然としていた累淵は、ぱっと顔を輝かせた。

「ありがとうございます」

仁志村がペットの世話をした訳でもないのに、深く頭を下げてきた。これから累淵に伸《の》し掛かる責任や航空会社からの請求が頭を過《よぎ》ったが、敢《あ》えて口にしなかった。

累淵の行為は決して容認できるものではない。だが、仁志村にとっては僥倖《ぎょうこう》でもあった。ペットの復調を伝えたのは、累淵に対するサービスのようなものだ。

4

「再フライトはまだですか」

平間は何度目かの同じ質問を咲良に浴びせた。アナウンスがなされていない状態で答えられるはずもないのだが、相手は執拗《しつよう》に訊いてくる。質問を重ねれば咲良の口から都合のいい回答を得られると決め込んでいるような喋り方だ。

他の搭乗客もゲート担当のGSを捕まえて訊き回っているが、とても手が足りない。

「遅れた分は何か補償があるのでしょう。料金の一部が払い戻しされるとか、マイルが上乗せされるとか」

「迷惑が掛かった分、機内サービスを充実してくれるということでいいのかな」

「すみません。こうしてフライトを待っている間だけでもエコノミークラスにもラウンジを開放してもらえませんでしょうか」

客たちのクレームに対応しながら、彼女たちは上手に平間を回避しているようだ。咲良が平間に捕まるのは時間の問題だった。

「あんたたちの答えはいつも同じだな。『分かりません』とか『もう少々お待ちください』とか。少しは違う答え方ができないのか」

「申し訳ありませんが、もう少々お待ちください」

「ちっ」

平間は聞こえよがしに舌を打つ。愚図れば自分の要求が通るかもしれないと考えている時点で、精神年齢は五歳以下だ。

だから咲良も五歳児を相手にしていると思うようにした。年端もいかない幼児と思えば、何を言われても笑顔を崩さずにやり過ごせる。

「自分で確認できないけど、荷物はちゃんと元通りに積んでくれてるんだろうね」

「もちろんです。爆発物の捜索と同時進行なので多少手間取りますが、一つ残らず積み戻すようになっています」

咲良は時刻を確認する。212便がターンバックしてから二時間が経過しようとしている。経験則から、そろそろ点検が終了してもおかしくない頃だった。

その時、まるで咲良の気持ちに呼応するようにアナウンスが流れた。

『ANAH212便にご搭乗予定のお客様。大変長らくお待たせいたしました。只今より搭乗のご案内をいたします。まずはじめに小さなお子様連れのお客様、お手伝いが必要なお客様、ファーストクラス、ビジネスクラスをご利用のお客様からご案内いたします。当便ご利用のお客様は今しばらく25番搭乗口付近にてお待ちください』

待合室から一斉に安堵の声が上がる。皆がどれほどアナウンスを待っていたかの証《あかし》だった。

アナウンス通り、まず子ども連れ、次いで車椅子の客がゲートを通過していく。流れに逆らう者はおらず、ゲート担当者も目に見えて緊張が解けている。

少し離れた場所から眺めていた咲良も、ほっと胸を撫《な》で下ろす。やっと、これで家に帰れる。

「ファーストクラスのお客様、ご搭乗ください」

前列の客が次々と席を立つ中、平間がこちらに近づいてきた。

「どうやら無事に乗れそうです」

「ご迷惑をおかけしました」

「いや、こちらこそ色々と口汚い言葉を吐いてしまって。勘弁してください。どうも焦ると素が出てしまう性分でして」

平間があまりに深々と頭を下げるので、却って咲良は恐縮してしまう。

同時に、鏬割れた心の襞《ひだ》に温かいものが染み込むような安寧を覚える。クレームに慣れたと言っても何も感じない訳ではなく、あくまで感じないように暗示をかけているだけだ。その証拠に家に戻れば肉体以上に精神が疲弊し、ひと晩寝たくらいでは完全に回復しない。

だから、こんな風にその場で謝ってもらうと胸の痞《つか》えがおりる。単純だと笑う者もいるだろうが、傷は早いうちに手当てをすれば治りも早いものだ。

「よいご旅行を」

「ありがとう」

「それでは次にビジネスクラスのお客様、ご搭乗ください」

「じゃあっ」

平間は片手を挙げて意気揚々とゲートに向かう。

その時だった。

「あなたの荷物はまだ積まれていませんよ、平間さん」

平間と咲良はほぼ同時に、声のした方向に振り向いた。

そこに仁志村と数人の警官が立っていた。仁志村の足元には、見覚えのある平間のキャリーケースが置かれている。

「先ほどの刑事さん。そのケース、わたしのですよね」

「ええ。タグの番号を確認しています。あなたの持ち物に間違いありません」

「どうして刑事さんの手元にあるんですか。その中に友人への贈り物があるのはお話しした通りです。早く貨物室に積んでくれないと」

「その前に中身を確認してみてはいかがですか。ひょっとすると荷を降ろした際に抜き取られた可能性もありますよ」

「そんな馬鹿な」

一瞬で凶悪な顔になった平間は、列を離れて仁志村の許に向かう。

「こんなことをして搭乗できなくなったら、警察はどう責任を取ってくれるんですか」

「ご心配なく。航空会社には話を通してあります。平間さんの荷物が確認されないうちは離陸しません」

胡散《うさん》臭い話だと思った。もし仁志村の言う通りだとしたらゲート担当には通達があるはずだが、彼らは一様に啞然《あぜん》としているではないか。

「どうして続けざまに、こんな目に遭わなきゃいけないんだ」

悪態を吐きながら平間はキャリーケースを横倒しにし、取り出した鍵《かぎ》で開錠する。中から現れたのは、緩衝材でぐるぐる巻きにされた板状の物体だ。

「間違いありません。中身はちゃんとあります」

「緩衝材を剝《む》いてください」

「持ち主のわたしが間違いないと言っているんです。これ以上、調べる必要はないでしょう」

「警察官のわたしが必要だと申し上げているんです」

　ぞくりとするような低い声だった。

　愛想も何もなく、命令としか聞こえない。異変を察知したのは平間も同様らしく、今更になって仁志村の顔色を窺い始めた。

「くそ」

　焦っているのか、平間の指は円滑に動かない。かなり乱暴な手つきで緩衝材が外されると、卓袱台《ちゃぶだい》の天板状のものが露《あらわ》になった。

　これがオーディオボードというものか。咲良は好奇心に逸《はや》る。なるほど平間が言った通り、大理石二枚を合わせたような形状をしている。

「それがご自慢のオーディオボードですか」

「持ってみますか。重いですよ」

「遠慮しておきましょう。そもそも、それはオーディオ製品じゃない。それどころか一般で流通する代物ですらない」

「いったい何を言っているのか、わたしにはさっぱり」

「振動を遮断する絶縁材という点は、まさしくその通りです。しかし用途が違う。あなたが持ち運ぼうとしているボードはオーディオ用のものじゃない。それは潜水艦の重要部品の一つです」

途端に平間の顔色が変わった。

「従前より潜水艦の命題の一つは、いかにして船内の振動と騒音を遮断できるかでした。航行中や潜航中に振動や音を敵に拾われたら、作戦行動が不可能になりますからね。第二次世界大戦末期、Uボートが苦戦続きだったのも、当時のドイツがゴムの生産を制限していたため、潜水艦建造に使用するゴムが不足していたからです。時代が変わって原料はゴムから新素材になりましたが、防振技術にしのぎを削っている。防振技術が重要な課題になっているのは昔のままです。そのために各国の軍事産業は防振技術にしのぎを削っている。あなたが国外に持ち出そうとしているのは潜水艦部品を製造している国内メーカーのもので禁輸品に指定されている。輸出入してはならない貨物を輸出入する行為ですよ。関税法第１０８条の４、および第１０９条」

告げられた罪名を知っているのか、平間は口を真一文字に閉じて仁志村を睨《にら》みつけている。

「あなたはこれまでも度々イギリスを訪れている。かの地で待つ友人がどんな素性なのか大変興味があります。もっとも次に再会できるのは当分後になるかもしれません。禁輸品の密輸は十年以下の懲役若《も》しくは三千万円以下の罰金又は併科です」

がくりと平間の肩が落ちる。だが仁志村はまるで容赦なかった。

「庁舎にて取り調べを行いますが、我々の後には公安が順番を待っています」

「公安が、どうして」

「禁輸品の中でもトップシークレットの代物ですからね。あなたが防振材をどんなルートで入手し、イギリスでどんな人物に渡すのか。公安ならずとも、あなたがスパイではないかと疑います。いずれにしても長期の取り調べになることが予想されます。不味《まず》いので有名なイギリス料理と留置場の食事を食べ比べるのも一興かもしれませんね」

仁志村は笑っていたが酷薄にしか見えなかった。哀れ平間は、ゲートを通過していく乗客を尻目《しりめ》に連行されていった。

ようやく気づいたというように、仁志村はこちらを見た。

「お騒がせしましたね、蓮見さん」

「いつから平間さんに目をつけていたんですか」

「彼が密輸に手を染めているのではないかという情報は以前からあったのですが、なかなか物的証拠が摑めなかったんです。今回も尻尾《しっぽ》を摑んだと思った途端に出国されてしまい、地団駄を踏んでいました」

仁志村は照れ隠しのように笑ってみせるが、咲良はもう騙《だま》されるものかと思った。

「ところが彼を乗せた212便がターンバックしてくるというじゃありませんか。しかも爆弾を仕掛けられたかどうかを調べるために、戻ったらいったん積荷を全部降ろすという。彼を足止めできる上に、イギリスに持ち運ぼうとした荷物を調べられる。勿怪《もっけ》の幸いとはまさにこのことでした」

「あの、じゃあ累淵さんの一件は」

仁志村の口から累淵がペットの急変で異常行動を起こした事情を聞き、咲良は色々と合点がいった。自分への事情聴取がひどくあっさりしていたのは、元々累淵の問題行動など眼中になかったからに相違ない。

「本命は平間さんだったなんて」

「しかし累淵氏の行為もれっきとした犯罪です。きっちりと罪を償ってもらわなければなりません」

「少し可哀そうな気もしますけど」

「いみじくも本人が言っていたように、彼には唯一の家族でも他人にしてみればたかがペットですからね。到着の遅れで有形無形の損害をこうむる乗客がいる。あなたの会社も被害者でしょう」

　咲良は返す言葉もない。果たして累淵が起訴されるかどうかは未定だが、会社は間違いなく累淵に対して損害賠償請求をするだろう。

「何の因果か２１２便は二つの犯罪を運んでいたのですよ。ＡＴＢを決断した黒石機長には感謝のしようもありません。それでは」

　仁志村は踵を返して平間が連行されていった方向に消えていく。

　ますます油断のならない男だと思った。

三　イミグレーション

1

「いったい、あなたは何者なんですか」

熊雷《くまらい》がアラビア語で尋ねても、目の前の女性は決して口を開こうとしなかった。

「何か話してくれないと、我々は適正な対応が取れません」

もっと突っ込んだ質問ができればいいのだが、熊雷自身がアラビア語に堪能《たんのう》ではないのでマニュアルに載っている日常会話程度しか話せない。身振り手振りを加えてももどかしく、隔靴搔痒《そうよう》とはこういうことかと思う。

見かけは三十代半ば、短髪で中央アジア系の顔立ちをしている。パスポート上の国籍は中華人民共和国だが、本当かどうかはアルフィアという名前も含めて疑わしい。

彼女がここ東京出入国在留管理局成田空港支局に連行されてきたのはパスポートの偽造が発覚したからだ。入国審査場で係員がチェックしたところ、本来の顔写真の上に当該女性の写真が貼られていた。偽造パスポートとしてひどく稚拙な出来であり、彼女を出国させたウルムチ地窩堡《ちかほう》国際空港の審査システムを疑いたくなる。長らく入国審査官を務めているが、こんなケースは熊雷も初めてだった。

国籍上は中国人なので最初は中国語で質問したが、自称アルフィアは口を閉ざすばかりか、こちらを睨《にら》みつけてきた。ならばと思いアラビア語をぶつけてみたものの、この通りだ。

「熊雷さん、パスポートの名前ですけどね」

一緒にいた同僚の呉羽《くれは》が話しかけてきた。

「氏名、アルフィア・モハメドとありますよね。アルフィアって確かウイグル族に多い名前だと聞いたことがあります」

「ウイグル族で中国国籍なら、彼女は新疆ウイグル自治区の人間かもしれないということか」

熊雷は考え込む。ウイグル人はテュルク系の言語を使用している。だが生憎《あいにく》、この部署のテュルク系言語を解する担当者は他の業務で出張っている。スマートフォンの翻訳アプリでも、その言語は扱っていない。

「あなたは新疆ウイグル自治区から来たのですか」

再び中国語で訊《き》いてみるが、反応は変わらない。これでは彼女がウイグル族であるかどうかも確認できない。そもそもアルフィアはパスポートの元の持ち主の名前ではないか。

「参ったな」

熊雷は独り言のように呟《つぶや》いて、椅子に座った彼女を見下ろす。

パスポートを偽造するような渡航者に碌《ろく》な者はいない。大抵が指名手配されているような輩《やから》が、本名では出入国できないから素性を偽っている。

だが彼女を見ていると、そうした固定観念が揺らいでくる。連行した時から非協力的な態度を崩していないが、とても悪党には見えないのだ。もちろん人を外見で判断するのが危険なことは承知しているが、長年密入国者を見慣れた目にも彼女の瞳《ひとみ》は悪事で濁っているように見えない。

出入国在留管理庁の任務は大別して二つある。

（1） 出入国及び外国人の在留の公正な管理を図ること。

（2） 上記（1）に関連する特定の内閣の重要政策に関する内閣の事務を助けること。

簡単に言えば、素性の怪しい者を入国させ滞在させる訳にはいかない。その伝で言えば、目の前にいる素性不明の女性は問答無用で強制送還して然《しか》るべきだろう。

だが熊雷は杓子《しゃくし》定規な対応を嫌う男だった。彼女が悪党ではなく、逆に悪党から逃げている可能性も捨てきれない。

「あなたは保護されるのを希望しているのですか」

言葉が駄目でも表情で誠意が伝わるかもしれない。できる限り気遣わしげな顔で覗《のぞ》き込んでみるが、彼女の頑なな態度は変わらない。何かの脅威から身を護《まも》るように丸まり、縮こまっている。

しばらく彼女は不安げに熊雷と呉羽を見比べていたが、やがておずおずと自分のスマートフォンを取り出した。

熊雷と呉羽の間に、さっと緊張が走る。

彼女の素性がどうあれ、パスポート偽造で連行されている時点で容疑者だ。仲間に易々と連絡されたのでは入管の立つ瀬がない。

「ＳＴＯＰ！　ＳＴＯＰ！」

ところが彼女はスマートフォンの画面をこちらに向け、何か意思表示をしようとしている。

熊雷と呉羽は視線を交わすと、差し出された画面を覗き込んだ。

ほぼ同時に言葉にならない呻《うめ》き声を上げた。

画面は英文によるニュース記事だった。何の記事かは添えられた写真を見れば一目瞭然《りょうぜん》だ。何しろ入管の職員は同じ写真を嫌というほど目にしてきた。

二〇二一年三月、名古屋《なごや》出入国在留管理局の施設に収容されていたスリランカ人の女性（三十三歳）が体調不良を訴えて死亡した。出入国在留管理庁は適切な治療を行う体制が不充分だったとする最終報告書を公表したが、遺族は体調不良を訴える女性に適切な医療を提供しないまま収容を継続したのは、管理局の当時の局長を含む十三人が彼女の生命を蔑《ないがし》ろにしたからだとして、名古屋地方検察庁に殺人の疑いで告訴したのだ。ご丁寧にも入管職員がスリランカ女性に極めて薄情な対応をしている際の動画まで拡散されてしまった次第だ。

現在も係争中ではあるが、いずれにしても日本の入管のイメージを損ねた事実は否めない。

アルフィアが怯《おび》えているのは追われているからではなく、熊雷たち入管職員に虐待されるのを恐れているのが理由だというのか。

通常であれば彼女の反応を心外だと怒るか一笑に付すのだが、名古屋入管の事件が全世界に配信された後では熊雷たちもただ項垂《うなだ》れるしかない。

「全く、名古屋入管はよくやってくれたものですよ」

彼女の思いを知ったらしい呉羽が腹立ち紛れに椅子を蹴《け》ろうとしたが、直前に熊雷が止めた。

「やめとけ。カメラが回っているのを忘れたか。他人の目には暴力か、さもなきゃ威迫行為に映る」

呉羽は持ち上げた足の下ろし場所にまごついているようだった。

「彼らがもう少し、スリランカ人女性に対して親身になってくれていたら、こんな風にはならなかったのに」

「そんなに言ってやるな」

名古屋入管の不祥事については熊雷も言いたいことが山ほどある。信頼を築くには長い年月が必要だが、失うのは一瞬だ。スリランカ人女性の件はまさにその一瞬であり、全国の出入国在留管理局は失われた信頼を取り戻すために相当な忍耐を強いられることになる。

だが自分が彼らのような不祥事を起こさないとは断言できない。

密入国者、不法滞在者の中には明らかに犯罪者と思《おぼ》しき者が存在する。チャイニーズマフィアの一員を水際で入国阻止したのも一度や二度ではない。

年がら年中そういう悪党を相手にしていると、どうしても神経が磨り減っていく。次第にきめ細かな対応ができなくなり、マニュアルに沿ったことしかしなくなる。マニュアル通りに動いていれば、少なくとも上司に咎《とが》められることはないからだ。

「でも熊雷さん。お蔭《かげ》で俺たちはえらい迷惑被ってます。現に、この女性一人安心させることができないじゃないですか」

「そうやってカッカしていると、いつか名古屋入管と同じ轍《てつ》を踏むかもしれん。そうならないためには、東京は東京で、俺たちは俺たちで間違いを起こさないように業務をこなすしかない」

すると呉羽は身を硬くしている女性を一瞥《いちべつ》した後、こちらに向き直った。

「俺、熊雷さんのそういうところを尊敬してますけどね」

「光栄だな」

「でも、そういうところがエエカッコしいで鼻について仕方ないです」

「そりゃすまなかったな」

「差し当たっては、ここにいる女性の対応ですね」

「少なくとも不調は訴えていないな」

言葉が通じずとも、苦痛の有無くらいは顔色で分かる。彼女は怯えてはいるものの、身体に変調を来しているようには見えない。

「どこか具合が悪いようなら、言ってください」

熊雷はゼスチャーを交えて女性に話し掛ける。これなら言葉が分からなくても通じると思いたい。女性は遠慮がちに頷《うなず》いてみせた。

その時、ドアを開けて別の審査官が顔を覗かせた。

「熊雷さん。彼女、まだ何も話していないのか」

「桑野《くわの》ならテュルク系言語もいけるんだがな」

「ウルムチ地窩堡国際空港から来たアルフィアだったたな。彼女の件で中国公安部が面会したいそうだ」

中国公安部。

そうきたか。

「すぐに行く」

熊雷は呉羽に目配せし、女性の監視を続けるよう伝える。単身別室に向かい、待たせている訪問者に会いにいく。別室では三人の男が待っていた。

「中国公安部テロ対策局の陳李峰《チエンリーフォン》です」

三人のリーダー格らしき男はそう名乗ってきた。

陳はひょろりとした体格で、決して強面《こわもて》ではない。だが熊雷はその所作から、ひどく凶暴な印象を持った。その凶暴さが何に起因するものなのかが分からず、握手をする気にはなれなかった。

中国公安部と言えば、中国共産党直轄の行政機関であり、犯罪捜査、交通管理、危険物管理、戸籍等管理、出入国管理、外国人管理といった業務を担っている。日本の警察と同様でありながら、所管がおそろしく広いと考えれば間違いない。

「こちらの入管でウルムチ地窩堡国際空港から来たアルフィアという女性を保護されていると聞きました」

最初から引っ掛かった。

「どこから聞いたのですか。まだこちらも空港警察に連絡したばかりだというのに」

「そういう情報を掻《か》き集めるのがわたしたちの仕事ですよ」

「いったい彼女は何者なのですか。パスポートにはアルフィアとありましたが」

「本名はディルラバ・モハメド。三十六歳」

「公安部に追われるようなことを何かしましたか」

「北京《ペキン》市内で爆弾テロを目論《もくろ》む一団がいます。彼女はそのメンバーの一人で、我々はずっと追っていました」

陳の言葉は抑揚がない。発音も怪しい日本語なので、口調から感情を読み取ることができない。わざと感情を読ませまいとしているなら大したものだと思った。

「テロ計画そのものは未然に防いだのですが、なかなかメンバーを捕まえられない。名前を変え身分を詐称し、ありとあらゆる場所に潜伏するのです。ディルラバがパスポートを偽造してウルムチ地窩堡国際空港から出国したのを突き止めたのが、旅客機の離陸直後でした」

「それはご苦労でした」

「ついては、すぐに彼女の身柄を引き渡してもらいたい」

「それは無理ですよ」

入管とすればパスポート偽造が発覚した時点で、ディルラバの身柄は空港警察に渡さなければならない。そもそも日本と中国の間には犯罪人引き渡し条約が結ばれていない。

「陳さん。あなたたちがいくら公安部であろうとも、彼女の引き渡しはできません。せめて上が外交ルートで協議するならともかく」

「だったら、わたしたちが空港内でディルラバを逮捕したというかたちにしてもらえればいい」

陳はそれが当然だと言わんばかりの口調で言う。

「無理ですよ」

「決して無理ではない。あなたたちが、ここでは何も見なかったことにしてくれればいいのです」

「彼女を連行した事実は記録に残っているし、既に空港警察にも連絡したと言ったではありませんか」

「それはあなたたち空港職員の、しかも形式的な問題に過ぎない。我々はテロリストを追っている。あの女を放置していれば、中華人民共和国のみならず、いずれどこかの国、どこかの都市が脅威に晒《さら》されます」

陳は感情の読めない目でこちらを凝視する。

「今すぐ、我々に引き渡すべきだ」

「話にならない」

熊雷は背を伸ばして言う。

「中国公安部というのは、そういう横暴さが身上なのですか」

「正義は多少横暴でなければ貫けない」

こちらが皮肉のつもりで言ったのに、陳にはまるで通じていないようだ。

「あなたたちの要求には応《こた》えられない。やはり外務省なり何なりを通してください」

熊雷が席を立とうとすると、陳はそれを手で制した。

「分かった、熊雷さん。あなたはなかなか交渉上手だ」

陳はがらりと表情を変え、下卑た笑みを見せる。

「いくらなら応じてくれますか」

「何だって」

「いくら払えば女の身柄を渡してくれるのかと値段の交渉をしている。あなたが今まで渋っていたのは、そういう意味なのだろう」

「冗談で言っているなら」

「冗談ではない。わたしはディルラバの身柄を適価で売ってほしい。いいですか、彼女は凶悪なテロリストだ。そのテロリストを捕縛するためなら、公安部は金銭的に解決しても構わない。幸い、ディルラバを逮捕するための予算は充分に与えられている。決してあなたたちが不満に思うような取引にはならないだろう」

「話にならない」

「話にならない話をするのも、わたしの務めでしてね」

陳は一向に悪びれる様子がない。

「日本の格言で何と言ったか。そうそう魚心あれば水心、だったか。役人の立場では表立って口にできないこともあるでしょう。熊雷さん、この部屋に隠しカメラはありますか。もし交渉内容が外部に知られてまずいのであれば、頷いて返事をしてくれればいい」

「カメラは特に設置していませんが、気にする必要はありませんよ。日本の入管は金銭で決まりを捻じ曲げるようなことはしない」

「言っておくが、謝礼は現金で支払います。どこにも証拠は残りません。さあ、いくら欲しいですか」

それまで陳の失礼な物言いに耐えていた我慢も、このひと言で決壊した。熊雷は今度こそ席を立つ。

「日本の役人を何だと思っている」

「役人はどこの国でも役人でしょう」

「あなたの国と一緒にするな。いいか、成田空港内は日本の領土だ。日本に足を踏み入れたのなら日本の法律に従っていただこう」

「おやおや。どうやら決まり通りにしか動けないというのは本当だったようですね」

「出て行ってくれませんか」

「もちろん。話し合いができないのなら長居は無用ですから」

陳と二人の男は挨拶《あいさつ》もなく部屋を出て行った。ここに塩があれば、彼らの背中にぶちまけてやりたい気分だった。

苛立《いらだ》つ気持ちを抑えながら呉羽の待つ部屋に戻る。彼女は尚《なお》も身体を硬くしたままだった。

「ディルラバ・モハメド」

熊雷が呼ぶと、彼女はびくりと肩を上下させた。どうやら陳のもたらした情報は本当らしい。

「熊雷さん、ディルラバって」

「今、中国公安部から聞いた彼女の本名だ。中国国内でテロを計画していたという話だ」

熊雷から陳の話を伝え聞いた呉羽は、案の定驚きを見せた。

「テロリストですか。とてもそうは見えませんね」

「あいつら、カネで彼女を買おうとしやがった」

「中国公安部の文化なんですかね。それとも陳独自の考えなのか」

「どちらにしても受け容《い》れられるはずがない。早々に彼女は空港警察に預けよう」

熊雷はディルラバに近づいてみる。彼女は怯えた様子で後ろに下がる。

この怯えようは陳たちの執拗《しつよう》さによるものではないかとの考えが過《よぎ》る。カネにあかして他国の法律を踏みにじろうとする輩だ。自国民に対しては、もっと尊大で卑劣な態度で接しているのは想像に難くない。ひょっとしたら暴力の一つや二つも受けているかもしれない。

俄《にわか》に彼女に対する同情心が湧く。正体はテロリストということだが、カネで身柄を売買されるような国にいれば、テロの一つも起こしたくなるかもしれない。

「あなたは本当にテロリストなのか」

通じないと分かっていても、中国語で尋ねてみる。

「中国公安部があなたを引き渡すよう、無理難題を押し付けてきた。我々は直ちに空港警察に身柄を預けるつもりだが、何か言いたいことがあるなら言ってほしい」

中国公安部の名前を出した瞬間、ディルラバの顔色が変わった。恐怖に目を丸くし、今まで以上に怯え始めたのだ。

確かめるまでもない。

これは耐え難い暴力を受けた者特有の反応だった。

「空港警察はいつ到着するんだ」

「さっき熊雷さんが不在中に連絡がありました。あと五分もしたら事情聴取に来ると」

「すぐ引き取るのではなく事情聴取か」

「空港警察にはウイグル語を解する捜査員がいるという話でした。彼女から詳細な話を聞いてから対応を決めるつもりじゃないんですか」

彼女と意思疎通ができるのなら悩む必要もなかった。そういう情報は早く教えてくれと、熊雷は肩の荷が一つ下りたような気になる。

その時だった。

熊雷のスマートフォンが着信を告げた。相手は同僚の審査官だった。

「はい、熊雷」

『こちら第九審査部門の渡部《わたべ》です』

審査部門は十二部門に分かれており、電話を寄越した第九審査部門は第3ターミナルの中に入っている。

『緊急連絡。当審査部門で異臭発生』

「毒物か」

『不明です。たちまち部屋の中に白煙が発生して、職員全員が退去したところです』

「空港警察に連絡は」

『しました。直に到着するそうです』

密入国者と異臭騒ぎで空港警察は二度も出動がかかることになる。向こうも大変だと、場違いな感慨に耽《ふけ》る。

いや、そんな余裕はない。責任者の一人である熊雷は現場の状況を把握しておかなければならないのだ。

「第九審査部門で異臭が発生したらしい。今から第3ターミナルに行ってくる」

「今日は色々ありますね」

「他の職員も対応に追われている。一人で大丈夫か」

「彼女の見張りくらい一人でやれます」

「頼んだ」

言うが早いか、熊雷は部屋を飛び出した。第1ターミナルビルから第3ターミナルビルへ移動するだけで、どれだけ急いでも十分以上かかる。息せき切って現場に到着してみれば、退避した職員たちがドアの外に固まっていた。

「ああ、熊雷さん」

「毒物だったか」

「いや、それがどうやら、発煙筒だったらしくて」

連絡をくれた同僚は自分のしでかしたことでもないのに恐縮していた。

「空港警察の鑑識によれば蠟燭《ろうそく》と同じ成分のパラフィンが検出されたそうです」

成分を聞いた途端、緊張が解けた。

「ただのイタズラか」

「部屋の中に発煙筒を投げ込む段階で、とんでもなく悪質なイタズラですけどね」

「付近に防犯カメラが設置されているだろう。すぐに検索して、いつでも警察に提供できるように用意しておいてくれ」

必要な指示を出すと、熊雷は今来た道を引き返す。ビルとビルとの往復は徒労となったが、イタズラで済んでよかった。人的被害が生じればもっと厄介な事態に陥る。

部屋に戻って、我が目を疑った。

ドアがわずかに開いていた。

「呉羽」

室内に飛び込んだ熊雷は絶句する。

呉羽とディルラバが血に染まって倒れていた。

慌てて駆け寄ったが、呉羽は喉《のど》を裂かれて既に息をしていない。ディルラバも同様で、喉から大量の血を噴き出してぴくりとも動かなかった。

いったい何が起きた。

熊雷は茫然《ぼうぜん》自失となり、しばらくその場に立ち尽くしていた。

2

現場に空港警察が到着したのは、それから間もなくのことだった。

先刻まで第3ターミナルに出張っていた鑑識係は休む間もなく、移動した場所で作業を開始した。彼らだけではなく、検視官と空港警察の捜査員たちも押っ取り刀で駆けつけてきた。熊雷は死体の第一発見者として別室に待機させられている。

捜査員たちが二人の蘇生《そせい》を試みたものの、その場にいた検視官は即死と断定した。二人の死を告げられた熊雷は、腰から頽《くずお》れそうになるのを必死に堪《こら》える。自分も幾多の修羅場を潜ってきた入国審査官だ。警察官たちの前で不様な姿は見せられない。死んだ呉羽にも申し訳が立たない。

狭い部屋に一人で待たされていると、まるで自分が容疑者扱いされているような錯覚に陥る。

ディルラバの心細さがわずかながら知れる。

ただし思考は千々に乱れている。

いったい誰が何の目的で二人を殺《あや》めたのか。呉羽やディルラバが何をしたと言うのか。

呉羽は二つ下の後輩だった。一を聞いて十を知るような才気はない代わりに、教えられたことは忠実に実行してみせた。心優しい男で、密入国者にも相応の理由があれば人目も憚《はばか》らず同情を寄せた。だからこそマニュアル通りの対応を嫌う熊雷とウマが合った。殺されていい人間ではなかった。いや、世の中に殺されていい人間などいないが、問答無用で殺されるにしても順番が最後にくるような人間だったのだ。まさかテロリストのディルラバの巻き添えをくって殺されたのか。それなら尚更理不尽な死ではないか。

思考が纏《まと》まってくると、次に憤怒《ふんぬ》が押し寄せてきた。二人がいた部屋は熊雷の職場だ。選《よ》りに選ってその職場で殺人を犯すとは。入管の存在そのものが踏みにじられたのと同義ではないか。

二重三重に犯人が許せない。正体が誰であれ、可能であればこの手で復讐《ふくしゅう》したいと強く思う。無論、容認される行為ではないと重々承知しながら、それでも憎い。

深く考えるまでもなく、陳たち三人の顔が浮かぶ。思い起こせば、三人はディルラバに悪意を持っていた。彼女の正体が本当にテロリストならば、自国に強制送還されるのを待たず、即座に抹殺しようとしても不思議ではない。他国の空港内で殺人を決行するなど荒っぽいことこの上ないが、陳たちならいかにもと思わせる。そもそも異常事態が連続したのは、彼ら三人が入管を訪れてからではなかったか。

悶々《もんもん》としていると、ドアを開けて長身の男が姿を見せた。

「お待たせしました」

細面で柔らかな物腰。着任の際、本人が挨拶回りにきたから憶《おぼ》えている。

「仁志村署長、ですよね」

「憶えていてくれましたか」

「どうして署長自ら」

「小所帯なものでしてね。それに空港内の殺人事件なんてそうそう発生しません。早期解決のためには重い腰も上げますよ。さて、お話を伺えますか」

まさか空港警察の最高責任者が降臨するとは夢にも思わなかったので、気を取り直すのに少し時間を要した。

確かに成田空港内で起きる事案と言えば窃盗か喧嘩《けんか》、密輸入か密入国くらいで、殺人事件が発生した事例など聞いたこともない。署長自ら臨場するのは、それだけレアケースということなのだろう。

「死体発見時の状況からお話しください」

「いえ。実はそれ以前からお伝えしなければならないのです」

熊雷はディルラバの偽造パスポートでの入国が発覚し、入管に連行された時点からの経緯を話し始める。そして二人の死体を発見した場面で、仁志村が納得したように頷いた。

「なるほど。熊雷さんは、その中国公安部が事件に絡んでいると睨んでいるのですね」

「どう考えても怪しいじゃないですか」

「確かに彼らの言動は非常識ですが、だからと言って犯人呼ばわりするのは早計ですよ」

「第九審査部門の異臭騒ぎにしても二人の殺害にしても、防犯カメラに犯人の姿が写っていれば一件落着ですよ」

「それがどうにもならない。二カ所に設置された防犯カメラは無力化されています」

「無力化。いったいどうやって」

「至極原始的な手段です。カメラの死角から近づき、レンズ部分にスプレーでペンキを吹きかけている。何が起きているのかまったく分からず画像は真っ暗のままでした」

「そんな単純な方法で」

「特殊な道具も技術も要らない。ハイテクには原始的な対抗策が案外効果的なんです」

まるで仁志村は犯人の手際を褒めるような口ぶりだった。

「中国公安部を名乗る三人ですが、身分証などはコピーを取りましたか」

「いえ。残念ながらそこまで頭が回りませんでした」

「せめて三人のパスポートは確認してほしかったですね」

「その点はご心配なく。入国審査場でパスポートの記載内容は記録されています」

「共有できますか」

「もちろんです」

仁志村はスマートフォンを取り出すと、部下らしき者を呼び出した。

「仁志村です。今から伝える人物三人の居場所を特定してください。間違っても出国させないように。該当者のデータは追って送信します」

てきぱきと指示を出して、あっさり電話を切る。

「あの、指示はそれだけでいいんですか」

「必要かつ十分です。既に各ゲートと空港への出入口には捜査員を配置しています。熊雷さんからの第一報を受けてからの即時対応だったので、よほど三人の悪運が強くない限り、彼らは袋のネズミですよ」

さすがと言えばさすがの対応だが、一方では意外の感も拭《ぬぐ》えない。初対面の時は腰の低い警察署長だと思っただけで、まさかこれほど俊敏な判断をする人間には見えなかったのだ。改めて、己の人を見る目のなさに嫌気が差す。

「署長さん。呉羽とディルラバの二人はどうして殺されたのでしょうか。わたしにはさっぱり思いつきません。ディルラバがテロリストだとして、空港内で始末するより中国に連行して処刑するなり何なりした方が、他のテロリストへの見せしめになるでしょうに」

「熊雷さんは陳たちの話を信じているんですね」

言い方に引っ掛かった。

「署長さんは信じていないのですか」

「伝聞で知った人間の証言や人となりを信用したりしませんよ。サンタクロースを信じる子どもじゃあるまいし」

穏和そうな顔をしていながら、なかなかに辛辣《しんらつ》なことを言う。

「それでなくてもわたしは彼らをあまり信用していません」

「中国人をですか」

「いえ、中国共産党とその下部組織全部です。偏見と言われるかもしれませんが、一党独裁や個人崇拝に走った組織では正直さは美徳でなくなる。忠誠心こそが評価軸になるような組織の言い分や表明は、まず疑ってかかるべきなのですよ。わたしは一般市民ではありませんしね」

熊雷も同じことを考えていたので、この点は同意できる。

「熊雷さんの話には一理も二理もあります。もしディルラバが本当にテロリストであったのなら、中国を出国した際、警察庁もしくは千葉県警に逮捕協力を要請するはずです。しかし、今回そういう類《たぐい》の要請は一切なかった。これも彼らの言葉を疑う理由の一つです」

「公安部は秘密裏にディルラバを送還したかったのじゃありませんか」

「ただの政治犯ならともかくテロリストですよ。仮に敵対している国でもそんな危険分子を入国させる訳にはいかないから仕方なく協力する。あの国はそこまで織り込み済みで動きます」

仁志村は微笑みながら言う。

「呉羽さんもディルラバも抵抗した形跡がなく、喉を一撃で裂かれています。そこらの素人のやり口じゃないのは確かでしょうね」

「だったら、やはり最優先で逮捕するべきじゃないでしょうか」

「確たる物的証拠もなく逮捕はできませんよ。たとえ中国公安部の三人の身柄を確保したところで、目撃者も防犯カメラの映像もない。今回は空港内という特殊な状況に加え、立証が甚だ困難な事例なのですよ」

今後も協力することを約束させられ、熊雷はようやく解放された。

仁志村署長は目端が利くようだが、中国公安部の三人に照準を合わせる気配は希薄だった。

正直、まどろっこしいと思う。

現在、成田空港は半閉鎖状態にあり、件《くだん》の三人はどこにも逃げ場所がない。それなら熊雷が彼らを捜し出すのも可能ではないのか。

たとえ俺一人でも呉羽の無念を晴らす。

そう誓ったのも束の間、スマートフォンにまた呼び出しの電話が掛かってきた。

今度は相良《さがら》支局長からだった。

支局長の部屋では相良がひどく緊迫した顔つきをしていた。部下の一人が無残な殺され方をしたのだから当然の反応だろう。

「警察の事情聴取を受けており、報告が遅れました。申し訳ありません」

「報告は他の職員から受けたからいい。君が死体の第一発見者だそうだな。警察に伝えた内容をわたしにも報告してくれ」

二度手間だったたが、仁志村に話した内容そのままを相良にも伝える。呉羽の亡骸《なきがら》の状態を聞くと、相良は無念そうに唇を嚙《か》んだ。

「呉羽とはよく一緒にいたな」

「不思議と縁がありました」

「まだ三十前だったたな。若い身空で可哀そうに」

「ひどいやり口でした」

「それは詳細に報告しなくていい。お互い辛くなる」

相良は椅子を回転させ、熊雷から顔を逸《そ》らす。

「入管に奉職して二十年以上経つが、職場で部下に死なれたのはこれが初めてだ。無念だ。無念極まる」

「お察しします」

「密入国者や不法滞在者を相手にする仕事だから、絶えず身の危険がある。訓示で毎回、口が酸っぱくなるほど注意を喚起しているのはそのためだ。しかし、その甲斐《かい》もなかったか」

相良は無骨ながら部下思いの男だった。呉羽を亡くした無念さが痛いほど伝わってくる。

「事件が発生してまだ一時間も経っていない。空港は半閉鎖の状態で、犯人は閉じ込められたかたちだ。警察の動き次第では早期解決するだろう。言わずもがなだが、警察には最大限協力してやってくれ。それが我々にできる、呉羽への手向けだ」

「了解しました」

「くれぐれも独断専行に走るな。わたしは君にそう言ったんだ」

相良は君に、の部分を強調して言う。

「犯罪捜査は空港警察に任せて、君は自分の仕事に傾注しろ」

「しかし支局長」

「役立たずと言われ続けた空港警察も新署長が着任してからは人心が一新されたと聞く。餅《もち》は餅屋に任せておけ」

「越権行為なのは承知していますが、それではわたしの気が済みません」

「君は義俠心《ぎきょう》が人一倍強いからな。そういうところが個人的には嫌いではないが、上司としては軽挙妄動を慎めとしか言えん。そもそも君には前例がある。中国から人身売買の容疑者が渡航した際、義憤に駆られた君はわたしの許可なく情報を警視庁捜査一課の犬養《いぬかい》とかいう刑事に流した。上司がわたしでなければ懲戒ものだぞ。今回もそうだ。犯人憎さに我を忘れて突っ走る。入管の職域ならいざ知らず、事は犯罪捜査だ。のめり込んだら二次被害に遭わんとも限らん。そうなれば一番悲しむのは呉羽だぞ。それくらい承知しているだろう」

いちいちもっともなので反論する余地もなかった。不甲斐なさに項垂れていると、やっと相良が通常の口調に戻った。

「現状、テロリストの件に巻き込まれた気配が濃厚ということか」

「新任の署長さんは明言しませんでした」

「明言しないだけだ。あの署長を見くびらない方がいい」

「支局長は仁志村署長のことを何かご存じなんですか」

「着任前から噂だけは山ほど耳に入ってきた。ポストが閊《つか》えている千葉県警で捜査一課を束ねたと思ったら、あっという間に空港警察署長に抜擢《ばってき》だ。警察関係者ではないから詳細は知らんが、近年まれに見るスピード出世らしい。出世の早さ以外にいい噂は聞かないが、警察内部でやっかみを受けているなら少なくとも無能じゃない」

「優秀らしいというのは、本人と話していて感じました」

「優秀と言っても色んな種類の優秀さがある。仁志村署長の優秀さは容赦のなさと聞いている」

相良は意味ありげに笑ってみせる。

「犯人にどれだけ酌量すべき事情があろうと、眉《まゆ》一つ動かさない冷血漢。その評判が事実なら、心置きなく呉羽を殺したヤツを任せられる。そうは思わないか」

何のことはない。相良自身が一番口惜《くや》しくてならないのを抑えているのだ。

「この仕事をしていると、時折相手に同情したくなることがある。貧乏や内乱から逃れるため、違法に入国してくる者は後を絶たない。力になってやりたいのは山々だが、一人にそれを許してしまえば後はなし崩しになる。いつしか出入国在留管理庁の任務を彼方《かなた》に置き忘れて駆け込み寺になりかねん。公務に身を置く以上、己の感情が邪魔になる局面がどうしても出てくる。その時必要になるのは冷徹さだ。新署長にはそれを期待したい」

意味ありげな笑みの理由に、熊雷は合点がいった。

「わたしなら、犯人側の事情如何《いかん》で追及が緩くなるとお考えなんですね」

「義侠心は判断を狂わせる。少なくとも凶悪犯を追い詰める立場の人間には不要なものだ」

そうだろうかと熊雷は自問する。呉羽を殺された今、自分には義侠心より先に復讐心がある。復讐心こそ犯人を追い詰めるには恰好《かっこう》の燃料ではないか。

「重ねて言うが我々に捜査権はない。あるのは空港内の情報だけだ。過去、密入国者や不法滞在者がどこに隠れ、どこを逃走したのか、データは頭に入っているだろ」

相良の言わんとすることがようやく理解できた。

「監視体制の確立した空港内にも死角がある。着任間もない新署長や、決められたルートしか巡回しない警察官には思いもよらない場所がある。それを彼らに伝えてやれ」

「承知しました」

「くれぐれも突っ走るなよ。以上だ。持ち場に戻れ」

一礼して支局長室を出ると、殊勝な表情はあっさり剝《は》がれた。

相良の説諭はもっともだが、心に突き刺さらない。刺さらないから容易に払い除《の》けられる。刺さっているのは憤怒と憎悪だ。とにかく犯人に一矢報いたい。不条理に殺された呉羽の無念を晴らしてやりたい。

既に仁志村たちは空港内に設置された夥《おびただ》しい数の防犯カメラを精査しているに違いない。いくら成田空港が広くとも、閉鎖空間である限りはいつか発見できる。

可能ならば仁志村たちより先に件の三人を見つけたい。顔面に最低でも一発は見舞ってやらなければ気が済まない。幸い腕力には自信がある。足腰が立たなくなってから警察に引き渡しても支障はないだろう。

熊雷は立ち止まり、己のスマートフォンに転送されてきた中国公安部三人のパスポートのデータを凝視する。

陳李峰《ジャンムーチエン》。
姜沐辰《チンファン》。
秦芳。

顔は完全に憶えた。

二人の死体が転がっていた部屋に戻ると、立入禁止のテープを前に同僚たちが集まっていた。

「遅かったですね、熊雷さん」

「待ってたんスよ、みんな」

「やってやりましょう。呉羽の弔い合戦」

彼らの目を見て、きっと自分も同じ目をしているに違いないと思った。

仁志村から聞いた話によれば襲撃に使用された発煙筒を分析したところ、部品の一部は中国製だったという。

「これで第九審査部門での異臭騒ぎは、中国公安部の三人が仕組んだ陽動作戦である疑いが濃厚になった」

熊雷の言葉に管理局の同僚たちが一斉に頷く。

「もちろん空港警察が捜索しているが、呉羽の仇《かたき》は俺たちが討ってやりたい。警察ほどの人数でなくとも、空港は俺たちの庭みたいなものだ。公安部の三人が空港内を逃げ回っても、こちらに地の利がある。手分けして捜し出そう」

熊雷はメンバーをエリアごとに分けて三人組の捜索を指示する。通常業務に当たる者は現場に残し、あとは全員で捜索に当たる。呉羽の殉職を知らせると、何と非番の者まで足を運んでくれた。

「熊雷さんはどうしますか」

第九審査部門の渡部が訊いてくる。

「監視センターに向かうつもりだ」

ターミナルビルにある監視センターは空港内に数多《あまた》設置された防犯カメラの集中管理を行っている。それだけではない。各エリアを巡回している警備員はウェアラブルカメラを装着し、移動しながらスマートフォンを介してテキストや音声、画像を監視センターに送信する。警備員の位置を屋内ではビーコン、屋外ではＧＰＳが受信し、監視センターで把握した上で警備指示を与える。言わば動く監視カメラだ。固定された防犯カメラと移動式のウェアラブルカメラ、この二つで空港内はほぼ死角なく監視網が張り巡らされていると言っていい。熊雷は監視センターに陣取って中国公安部三人の姿を徹底的に捜すつもりだった。

「行ってくる」

同僚たちにそう言い残し、熊雷は部屋から出ていく。胸には失意と復讐心があり、頭には使命感がある。逮捕は空港警察に任せるとして、身柄は管理局で確保したい。そうでもしなければ呉羽が浮かばれないではないか。

フロアを急いでいると、横から声を掛けられた。

「そんなに急いでどこへ行く」

相良だった。

「あ、いや」

咄嗟《とっさ》には返事ができない。

「犯罪捜査は空港警察に任せて自分の仕事に傾注しろと言ったはずだが」

「支局長」

「こんな場所で長話は無用だ。さっさと行くぞ。どうせ行き先は監視センターだろう」

「誰かが報告を上げましたか」

「何年、支局にいると思っている。君たちの考えそうなことくらい手に取るように分かる。センター長とはもう話がついているのか」

「いえ。向こうに着いてから直談判《じかだんぱん》しようかと」

「交渉するには相手のレベルに合わせなきゃならん。交渉はわたしがする」

今度は胸が詰まって言葉が即座に出てこなかった。

「わたしの独断専行は後でいくらでも責めてください」

「わたしが承認した時点で独断専行ではなくなる」

これ以上話すと余分なことまで口走りそうになる。熊雷は唇を引き締め、相良と監視センターに急ぐ。

場所は知っていても監視センターの中に入るのは初めてだった。相良を先頭にして、足を一歩踏み入れる。

センター内部は存外に広く、相良が話をつけると二人は奥の管理室へと案内された。

壮観だった。

壁のほぼ全面に設置されたモニター群と、熊雷には知りようもない装置の筐体《きょうたい》が所狭しと迫ってくる。中心に立っていると、機器類に呑《の》み込まれそうな錯覚すら起こす。

「公安部の三人のパスポート情報は手元にあるか」

「いつでも取り出せます」

「監視センターと共有しろ。空港内の監視には顔認証システムが導入されているはずだ」

三人のパスポートから顔の特徴をデータ化すれば、空港内に配置された全ての防犯カメラとウェアラブルカメラが彼らを認識し次第、監視センターに位置を知らせてくれる。

「わたしはセンター長の協力を仰いでくる」

「事後承諾ですか」

「一刻を争う」

相良が足早に奥の部屋へと向かう。一人残された恰好の熊雷は近くにいた職員に事情を説明する。

「管理局の心情は理解できますが、我々もセンター長の指示がなければ」

「三人のパスポート情報を共有すること自体は構わないでしょう。その後の運用についてはセンター長の許可が下りてからお願いします」

有無を言わさぬ口調と、反論を許さぬ勢いに押されてか、職員は熊雷から三人のパスポート情報を受け取りデータ化する。後は相良の交渉術に期待するだけだ。

「そちらの事件は空港に勤める全職員に周知されています」

「でしょうね」

「職務上、他所《よそ》の管轄へは必要以上に介入するなと命じられています」

「でしょうね」

「しかし一刻を争うんでしたね」

職員がキーに指を走らせると、直ちに『顔認証システム起動』の文字がモニターに躍った。

「ちょっと、君」

「テストですよ、テスト」

「もしセンター長の許可が下りなかったら」

「その時はテストを中断すればいいだけの話です」

熊雷は心の中で手を合わせる。

実物を目の当たりにして実感するが各々の防犯カメラは撮影範囲が広く、固定されていてもなるべく死角が生じないように設置されている。これに移動するウェアラブルカメラが加われば、まさに鬼に金棒といったところだ。

「空港に導入されている顔認証システムは優秀です。捜索対象を一瞬でも捉《とら》えれば、すぐに報知してくれます」

それは熊雷も同様だ。陳たちの顔は記憶の襞《ひだ》に刻み付けている。数秒でもモニターに映れば見逃さない自信がある。だが目を皿のようにして睨み続けても、彼らの姿を見つけられない。

あるモニターに目がいった。場所は第3ターミナルの詰所付近、映っているのは仁志村だ。その仁志村に対峙《たいじ》するような恰好で五人の男が立ちはだかっている。仁志村の表情からどうやら押し問答をしているようだが、生憎と音声は拾えない。

「この五人、正面から捉えられますか」

「反対側に設置したカメラをズームしましょう」

職員の操作で別のモニターに五人が大写しになる。有難い。これで全員の表情が丸分かりだ。

仁志村はひどく冷淡な顔で五人を見ている。熊雷と話した時のような腰の低さは微塵《みじん》も感じられない。相手を威嚇するようにも見下しているようにも見える。意外な二面性を見たようで、熊雷は少なからず戸惑う。

一方の五人は小男を中心に四人の偉丈夫が周りを固めている。さながら小男のボディーガードといった風体だ。いずれもアジア系の顔立ちをしているが日本人には見えない。

小男は柄に似合わぬ居丈高な態度で仁志村に抗議しているようだ。だが仁志村は不愉快そうに曲げた眉一つ動かそうとしない。

「この人、新任の警察署長さんですよね」

「ええ、仁志村署長です。いったい何を押し問答しているのか。近くにウェアラブルカメラを携帯した警備員はいませんか」

職員はしばらく位置情報を検索していたが、すぐ首を横に振った。

「最寄りでも百メートル離れています。向かわせますか」

会話の内容が気になるのは、単純に熊雷の好奇心からだ。そんな理由で警備員を動かすことはできない。

「そこまでしていただく必要はありません」

「しかし大したものですね。あの図《ず》体《う》の四人を前にして一歩も引いていない。むしろ恫喝《どうかつ》しているようにさえ見えます」

同感だった。何が腰が低いものか。対峙する五人を視線で射殺しかねない体ではないか。初対面の印象が次から次へと裏切られ、熊雷は依然として困惑する。

そのうち偉丈夫の一人が仁志村に手を伸ばした。どうやら胸倉を摑《つか》もうとしたようだが、一瞬仁志村の方が早かった。男が伸ばした腕を捻《ひね》り上げ、あっという間に後ろ手にした。

すわ乱闘になるかとモニターの前で身構えたが、小男が二人の間に割って入り事なきを得たようだ。

小男が何やら捨て台詞《ぜりふ》を吐いて踵《きびす》を返すと、他の四人も彼に従う。仁志村は五人の後を追う素振りもなく彼らとは逆方向に消えていく。

「ちょっと剣呑《けんのん》な雰囲気でしたね」

ちょっとどころか一触即発だったではないか。

「しかし妙ですね。手を出された時点で公務執行妨害が適用されるんじゃないですかね」

「今はそれどころじゃないのでしょう」

そう答えたものの、五人の顔立ちから熊雷は不快な連想をしていた。この連想が当たっていれば、仁志村が彼らを深追いしなかった理由にも見当がつく。今度ばかりは自分の妄想であってほしいと願う。

気になる映像はそれきりだった。しばらくモニターを順繰りに眺めていたにも拘《かかわ》らず、公安部の三人は言うに及ばず興味のある映像には巡り合えない。

熊雷のスマートフォンに相良からの着信があった。

「はい、熊雷」

『センター長から快諾を得た』

「ありがとうございます」

『どうせ連絡する以前から顔認証システムまで稼働させていたんだろ』

一拍の躊躇《ちゅうちょ》の後、熊雷は電話口で相良に頭を下げた。

「申し訳ありません」

『そう思うのなら絶対に三人を見つけろ。わたしは部屋に戻る』

電話は一方的に切れた。

「こちらにもセンター長から連絡がありました。空港職員の名に懸けて犯人たちを捜し出せとのことです」

「よろしく」

しばらくカメラによる追跡を続けるが、やはり三人の姿は見つからない。空港は半閉鎖状態でどこにも逃げ道はないはずだが、いったいどこに隠れているのか。

はっとした。

空港内でありながらカメラが設置されていない場所を思いついた。

「各警備員を最寄りのトイレに向かわせてください」

熊雷の意図を読み取ったらしく、職員は直ちに警備員に指示を出す。

ところが警備員たちがトイレを回っても、やはり目ぼしい成果は得られない。センターには異状なしの報告が次々と届く。

トイレでもないとしたらどこに潜伏している。

熊雷は頭の中で空港のフロア図を展開する。だが眼前のモニター群と照らし合わせても、どこにも死角は見出《みいだ》せない。

思わず汚い言葉を吐き出しかけた時、ドアを開けて仁志村が入ってきた。

「やあ、熊雷さん」

「仁志村署長。どうしてここに」

「人間、考えることは大して変わりませんね。監視センターには空港の目が集中しています。

中国公安部の三人を捜すのなら、ここから空港全体に目を光らせれば簡単だと思いましてね」

「それがなかなか一筋縄ではいかなくて。さっきから防犯カメラとウェアラブルカメラの両方を駆使して捜索しているのですが、一向に三人が見つからなくて」

「ほう。さっきから、ですか」

言葉の調子から、最前の五人とのやり取りを監視していたことを察したらしい。隠す必要もないので思いきって質問してみた。

「詰所の前で五人の男と小競り合いみたいなことをしていましたよね」

「見られていましたか」

「あの男たちは何者なんですか。仁志村署長に手を出したヤツもいましたけど」

「中国大使館員たちですよ」

やはりそうだったか。熊雷は自分の予想が当たって心がざわめいた。

「手を出されたのに逮捕しなかったのは外交特権があるからですか」

外交官に関する特権の一つとして、外交官の身体の不可侵（逮捕・抑留・拘禁の禁止）がある。この条項がある限り、そうそう相手に手錠を掛けられない。

「外交特権云々《うんぬん》より、あの程度で逮捕なんてしませんよ」

「彼らが何をしましたか」

「いや、見るからに怪しい風体の集団だったので職務質問をしたのですよ。すると中華人民共和国駐日本国大使館に勤める外交官だと名乗られた次第です」

「雲隠れした三人は中国公安部の人間です。何か関連があるのでしょうか」

「あるでしょうね」

仁志村は当然だろうという口ぶりで言う。

「出口のない空港でうろちょろしていても、いつかは見つかる。そこで大使館に救いを求めたというところですかね」

「公安部の人間に外交特権はないでしょう」

「証拠がなければ逮捕もできません。こちらが手をこまねいているうちに三人を大使館まで連れていくというのは、ありふれた手法です。外交特権を持つ人間が防波堤になれば、単なる参考人の身柄を拘束しておくのは難しい」

「人が二人も殺されているっていうのに」

「証拠がありません」

「でも小競り合いの原因は何ですか。向こうから先に手を出してきたんですよね」

「あちらさんの思惑が透けて見えましたのでね、つい口に出してしまったのですよ。ここはお前たちの領土じゃない。好き勝手できると思ったら大間違いだ、とね」

「本当に、そんなことを」

「丁寧に中国語で申し上げておきました」

事もなげに話す仁志村を見て、またも熊雷は印象の修正を余儀なくされる。腰が低く威圧的で、慎重でいながら感情を表に出す。いったいどれが仁志村の本性なのか。それとも人格破《は》綻《たん》者なのか。

「ところで熊雷さん。顔認証システムを稼働させて何分ですか」

「かれこれ三十分は経過していると思います」

「それでもヒットしないとなると面倒ですね。空港内に身を潜めているのはほぼ確実なのですが」

そう言うと、仁志村はスマートフォンを取り出して何者かを呼び出した。

「お忙しいところを申し訳ない。仁志村です。ちょっと捜査にご協力いただきたく連絡を差し上げました。今すぐ監視センターまでおいでください」

有無を言わせぬ口調なら仁志村が数段上だった。淡々と喋《しゃべ》るものの圧が尋常ではなく、しかも相手に拒絶する間も与えない。いや、そもそも警察署長が相手では要請を断れる者も少ないだろう。

「ではよろしく」

電話を切った数分後、息を切らしてやって来たのは妙齢の女性職員だった。

「ご紹介します。チェックインカウンター担当の蓮見咲良さんです」

名前を呼ばれた咲良はぺこりと頭を下げる。

「新参者のわたしが頼りとしている一人です。仕事柄、空港の隅から隅までご存じですよ。彼女なら恰好の隠れ場所を知っていると思います」

「空港の主みたいな言い方しないでください」

「我々は管轄内しか知らない。しかし蓮見さんたちは利用客を誘導するために空港内のほとんどを把握している。この差は大きい」

仁志村は中国公安部の三人が行方を晦《くら》ましている状況を手短に説明する。

「各エリアに設置された防犯カメラと警備員の携帯するウェアラブルカメラで、空港内には監視網が張り巡らされています。もし蓮見さんが追われる立場なら、どこに身を隠しますか」

咲良はしばらく考え込んだ後、おずおずと口を開いた。

「わたしがまず思いつくのは従業員通路です。あそこは社員証がなければ通ることができないので、一時的に隠れるというのならアリです」

「職員ならではの着眼点ですね。しかし、件の三人が何らかの方法で社員証を入手した可能性を考慮し、我々警察も従業員通路は隈《くま》なく捜索済みです」

咲良は仁志村を少し睨んでから再び考え込む。今度はやや時間をかけて回答を絞り出した。

「各ゲートには搭乗口を写すカメラがあります」

何を言い出すのかと思った。

「お言葉ですが蓮見さん。わたしは今までここでモニターを眺め続けていた。各ゲートには複数台のカメラが設置されている。三人のうち誰か一人でも映り込んだら見逃すはずがないですよ」

「だから盲点なんですよ」

咲良はこちらの勢いに圧倒されながら言葉を継ぐ。

「搭乗口付近にカウンターがあるでしょう。その下に潜り込めば、防犯カメラには映りません」

熊雷は一笑に付そうとしたが、はたと気づいた。

繁忙時はともかく、時間帯によっては待合室に誰もいなくなる路線が存在する。深夜便の飛ぶ時刻、熊雷自身が人けのない搭乗口を何度も目にしている。

納得するのは仁志村の方が早く、既に無線機を取り出していた。

「全搭乗口のカウンターの下を探ってください。当該者を発見したら応援を待って確保」

手早く指示を済ませ、くるりと踵を返す。慌てて熊雷は声を掛けた。

「中国大使館の連中はどうするんですか。三人が確保されるのを、指を咥《くわ》えて見ているとはとても思えませんけど」

「大使館員を逮捕するのは困難ですが、動きを封じる方法はあるのですよ」

今や仁志村が口にすると不穏な手法しか想像できなくなっていた。後れてはならじと、熊雷も無線で同僚たちを呼び出す。

「空港警察の邪魔をする必要はない。だが、彼らよりも早く見つけろ」

『了解』

連絡を終えて気がつくと、咲良がこちらを見ていた。

「大変そうですね」

「あなたこそ。どうやら仁志村署長に気に入られているようですが」

「とんでもない」

咲良はぶんぶんと首を横に振る。

「わたしは便利屋扱いされているだけです」

てっきり厚意から協力していると思い込んでいたので見当が外れた。

「失礼、思い違いをしていました」

「いいですよ。わたしだって仁志村署長をずいぶん誤解していたみたいですから。最初は、その、功名心に凝り固まった人だと思っていたんですけど、最近はずいぶん印象が変わってきて」

「蓮見さんもですか。わたしは今日一日だけで、ころころ変わっちまいましたよ。いったいあの人は何なんでしょうね。人伝《ひとづて》に聞いても毀誉褒貶《きよほうへん》の激しい人みたいですけど」

「毀誉褒貶が激しいのは想像がつきます」

「どうしてですかね」

「毀誉褒貶が激しいのは、とにかく目立つからですよ」

なるほどと納得しかけた、その時だった。

熊雷の無線から呼び出し音が響いた。

「こちら熊雷」

『14番ゲートです』

同僚女性は悲鳴にも似た声で報告する。

『熊雷さんから聞いた通り、三人とも受付カウンターの下に潜り込んでいました』

「空港警察は」

『わたしたちとほぼ同時に三人を発見しました。現在、揉《も》み合っている最中です』

「待っていろ」

熊雷は監視センターを飛び出した。

14番ゲートは第1ターミナルの北ウイングにある。熊雷は通行人の間を縫うように駆け抜け、現場へと急行する。

案の定、14番ゲート前では大捕り物が繰り広げられていた。陳たち三人と警官隊、そして管理局の数人が組んず解《ほぐ》れつ乱闘している。だが、多勢に無勢で公安部の三人は明らかに分が悪い。特に仁志村の立ち回りは特筆もので、一人を大外刈りで仕留めた直後、もう一人の鳩尾《みぞおち》に蹴《け》りを決めていた。

熊雷が到着して十秒とかからぬうちに決着がついてしまった。公安部の三人はその場で腹這《はらば》いにさせられ、後ろ手に手錠を嵌《は》められた。期せずして管理局の同僚たちが拍手を浴びせる。

だが、それで終わりではなかった。

背後に人の気配を感じる。振り返れば、中国大使館の五人が仁志村たちに迫りくるところだった。

「その三人の身柄はわたしたちが預かりましょう」

小男が仁志村の前に進み出る。

「中華人民共和国駐日本国大使館からの要請だ」

「正式な要請なら外交ルートでお願いしたい。もっとも犯罪人引き渡し条約を結んでいない国の言い分が、どこまで有効なのか」

「日本の外交がどれだけ弱腰なのか承知しているだろう」

「弱腰だから慎重でもある。あなたたちが外交ルートでもたもた交渉している間、三人は留置場にぶち込んで首に縄を掛けておく」

「その三人はテロリストから人民を護った英雄だぞ」

「人殺しが英雄でいられるのは戦場だけだ。知らないのか」

「たかが警察署長がえらい鼻息だな。今に後悔するぞ」

「後悔なら数知れないほどしている」

五人が更に詰め寄ると、何と仁志村は陳の腕が折れるかと思えるほど捩《ね》じった。騒乱の収まったフロアに陳の悲鳴が響き渡る。

「あなたの国の英雄はか弱い悲鳴を上げるんだな」

五人は改めて仁志村の容赦なさを思い知ったらしく、それ以上近寄ろうとはしなかった。小男は他の四人を従え、憤然とその場を立ち去っていった。

「やあ、熊雷さん。ご協力ありがとうございました」

仁志村は腰の低い人物に戻り、こちらに会釈してくる。

「いや、わたしが協力できたことは、ほとんどありませんでした」

「今回は空港警察と管理局、そして蓮見さんの連携プレーがもたらした金星ですよ」

仁志村には社交辞令なのかもしれないが、蓮見咲良の尽力を認めない訳にはいかない。熊雷は仕方なく頷いてみせる。

いずれにしても仁志村が見せた立ち回りと小男に吐いた言葉は、彼の二面性を露《あらわ》にするのに充分な証左だった。

4

陳たちの取り調べが始まると聞くと、熊雷は矢も楯もたまらず空港警察に赴いた。無事に陳たちの身柄は確保できたものの、ディルラバと呉羽の殺害された状況は依然として知らされていない。せめて判明している事実だけでも把握しておきたいと思ったのだ。

もちろん現在進行中の事件に関して、警察が安易に捜査情報を洩《も》らすはずがないのは承知している。だが陳たちの逮捕時にも大した働きのできなかった憾《うら》みが、熊雷を駆り立てていた。

直談判するべく面会を求めると、仁志村はあっさりと承諾してくれた。

「呉羽が殺害された際の状況を知りたい」

仁志村に婉曲《えんきょく》な言い方は効果がない。

「遺族に伝えなきゃならないのですよ。呉羽が入管職員としての仕事を全うできたのかどうか」

「いいでしょう」

あまりの呆気《あっけ》なさに拍子抜けした。

「以前、入国審査官は司法警察員扱いでしたね。現在でも国家公務員法の適用では警察職員に規定されている。関係した事件について情報共有するのに問題はないでしょう。後々、説明する手間も省けますしね」

何やら意味ありげな物言いだったが、逸《はや》る気持ちの前では深く追及する気にもならなかった。

「三人の尋問は四巡目に入っています」

容疑者への尋問は一度では終わらない。相手も問答を想定して取り調べに臨んでいるので、何度も同じ質問をして虚偽の綻《ほころ》びを突く。

「自制心の強さは、さすがあの国の公安部といったところです」

「しぶとそうですね」

「徹底的に職業倫理を植え付けられるという話ですから。しかし所詮《しょせん》は同じ人間です。脆弱《ぜいじゃく》な部分もある」

「それはどこですか」

「最終的には保身に走るんですよ、ほぼ例外なく」

多分に偏見が入っている気がしないでもないが、入国審査官である自分も似たような認識なので黙っていた。

「中国大使館は何か言ってきましたか」

「ちゃんと外交ルートを通じて三人の身柄を奪還しようとしているようです。しかし如何《いかん》せん時期が悪い。現在、日中間は戦後最悪と言われる関係ですからね。よほど日本に利するような交換条件がなければ、政府もおいそれと腰を上げないでしょう」

「しかし彼らの口から公安部の情報が洩れたらまずいでしょう」

「三人とも末端の兵隊です。大した情報を抱えている訳じゃありません。日本における彼らの活動が公になれば批判を免れないから大使館も動きましたが、いよいよとなれば切って捨てる。彼らはそういうポジションにいる職員なんです」

「使い捨て要員ですか。何だか身につまされますね」

「非合法な活動に手を染めた段階で、碌でもない末路を辿《たど》るのは覚悟してもらわないと」

容疑者の取り調べは可視化され、全てのやり取りはモニター越しに確認できるようになっている。熊雷は仁志村に誘《いざな》われ、別室にて取り調べの実況中継を観ることとなる。

「取り調べ担当は来駕《らいが》という者です。陳も四人目となると集中力が落ちてきていますね」

仁志村に説明されるまでもなく、陳の憔悴《しょうすい》ぶりは明らかだった。初見の時の眼光の鋭さは影を潜め、眉の辺りが疲弊を訴えている。

『もう一度訊く。ディルラバが北京市内で爆弾テロを計画していたというのは本当なのか』

『本当だ。何度同じことを言わせれば気が済む。中国ではこんな尋問をしないぞ』

『しかし外事に入っている情報でテロリスト・ディルラバという名前はどこにも見当たらない』

『お前の国の公安が、目が節穴の者揃いだからだ。相手を疑うより先に、自分の不甲斐なさを恥じるがいい』

　相当な言われようだが、聞き手の来駕は終始落ち着いた様子だ。一方の陳は罵詈《ばり》雑言すら必死に聞こえる。

『テロリスト・ディルラバの名前はない。ただし、彼女のパスポートに記載されていたアルフィアという名前は見つけることができた。中国を拠点に情報を発信するアカウントの名前だ』

『ディルラバがアルフィアという名前のアカウントを持っていた。それだけのことだろう』

『ディルラバが彼女の本名であるのは、こちらも確認している。その点はお前の供述通りだ。問題はそのアカウントが彼女の持つ多くのアカウントの一つに過ぎないという事実だ』

　妙な展開になってきた。説明を求めて振り返ると、仁志村はモニターを見続けるよう手振りで示す。

『彼女が携帯していたスマホからは、確認できただけで二十三個のアカウントが見つかった。SNSに発信された内容はどれも中国共産党に対する抗議とウイグルへの連帯に満ちていた』

『テロリストだからな。当然だろう』

『違う。彼女はテロリストなんかじゃない』

来駕は静かに否定する。

『二十三のアカウントには、何一つ暴力による解決は謳《うた》われていなかった。多く存在するフォロワーを煽動《せんどう》する言動もない。TikTokにもTwitterにもインスタにもだ。本人が死んでしまった以上、確認は取れないが、残された情報から浮かび上がるのは彼女が生まれ育ったウイグルの地を愛し、その自由と平和のためには危険をも顧みなかったという事実だ』

心なしか来駕の口調が感情に揺れたようだ。仕方がないと思う。こうしてモニター越しに見ている熊雷自身も、胸に熱いものが迸《ほとばし》っている。

『残された証拠だけで推察するから、お前たちは間違う』

『証拠から推察するのが民主警察だからな』

『くだらん』

『中国共産党に対する抗議とウイグルへの連帯。中国共産党にとっては邪魔なスローガンだな』

『たかが一般市民の声に、どうして俺たちが気を配らなきゃならない』

『ディルラバはテロリストじゃなかったのか』

語るに落ちるとはこのことだ。陳はしまったという顔をしてみせた。

『そう、たかが一般市民だ。しかし二十三のアカウントと何百万人というフォロワーを持つディルラバはテロリストと同等の脅威だったんじゃないのか』

「なかなかに攻めますね、あの刑事さん」

熊雷が感心してみせるが、仁志村はにべもない。

「こちらも想定問答集を作っているんですよ。攻め口は全て指示通りに行っています。実はここから隠し玉が発動するのですよ」

『二十三ものアカウントを使い分けるディルラバは、お前たちの仕掛けた網を何度も掻い潜ってきた。だが、中国共産党がＳＮＳの管理を徹底し、発信者の探索を強化しだすと、さすがにディルラバの身辺も危うくなってきた。そこで彼女は知人のいる日本に密入国しようとしたんだ。ウイグル人の渡航を極度に警戒する中国政府の下では、本名でのパスポート申請は不可能だったからだ』

『推測に過ぎん』

『日本でディルラバの身元を預かるはずだった知人は既に判明している。密入国の事情に関しては推測じゃない。事実だ』

『仮にディルラバの入国目的が避難だったとして、俺たちが殺した証拠がどこにある』

陳は不敵に笑ってみせるが、どこか不安げな色は隠しようがない。

『俺たちを取り押さえた時、どこにも刃物は見つからなかった』

『彼女を殺害した凶器が刃物であるのを、どうしてお前が知っている』

陳の表情が強張る。語るに落ちるのはこれで二度目だ。

『当てずっぽうを言ったまでだ。それより俺が殺した証拠を出してみろ』

『いいとも』

来駕はビニール袋に収められた刃物を取り出してみせる。刃渡り十センチほどの折り畳みナイフで、柄も金属でできている。

『空港内のゴミ箱に捨てられていた』

『そのナイフから指紋でも検出できたのか』

『指紋も血糊《ちのり》も丹念に拭《ふ》き取られていて跡形もなかった』

『それじゃあ証拠にならない』

『血糊を拭き取っても、ルミノール反応が確認できた。二人の致命傷となった創口《きずぐち》が刃の形状と一致した』

『俺の持ち物と断定はできないだろう。第一、そんな刃物を持っていたら空港の荷物検査で引っ掛かったはずだ。だが俺たち三人は何の咎めもなく到着ロビーに出てこられた』

『荷物検査に引っ掛からなかったのは、刃物を入手したのが到着ロビーに出てからだったからだ』

『ふん。空港の土産物屋にそんなナイフが売られているのか。生憎と見かけなかったな』

来駕はそれには応えず話を続ける。

『中国の科学力は日進月歩らしいな。今やロケットを飛ばし、ＡＩでは世界の最先端をいっている。しかし犯罪捜査に関しては後進国だ。最近、やっとＤＮＡ検査法を捜査に導入したそうじゃないか』

『それがどうした』

『ルミノール反応は人間の皮膚からでも検出できる』

ぴくりと陳の指が動いた。

『あれだけ二人の喉を深く刺したんだ。ナイフばかりか利き腕も返り血を浴びただろう。さっきも言ったが、拭った程度でルミノール反応を消すことはできない』

すると陳は自分の右手を猛烈な勢いで擦《こす》り始めた。さすがに来駕は呆《あき》れて、そのさまを観察している。

『気の毒だから教えてやるが、姜と秦はもう吐いたぞ』

陳の顔色が変わる。

『嘘を吐け』

『二人とも、ついさっき自供した。呉羽さんとディルラバを刺した時には、一人が押さえつけてお前が喉を裂いた。日頃からそういう役割分担だったんだってな』

『あいつら』

『ルミノール反応と共犯者の自供。それで決まりだ。お前が反論できる余地は、もうない』

陳は手を擦るのを止め、じっと来駕を睨み続けている。今まで喋り続けていた者が沈黙するのは、勝敗が決したのを悟った時だ。

『まだ大使館の救いを期待しているのなら無駄だから諦《あきら》めろ。他の二人は今日中に送検して地検に身柄を移す。そうなれば法務省の管轄になって中国大使館はますます手出しできなくなる。お前も公安部なら、この国の政治事情くらい知っているだろう』

現法務大臣は外務大臣と滅法仲が悪い。派閥の違いもあるが、何かにつけて反目し合っているのだ。

今度こそ陳は刀折れ矢尽きた体で、肩を落とす。陳の仲間への不信感を最大限に利用した、仁志村たちの圧勝だった。

『まだ質問が残っている』

『これ以上、何を訊く』

『空港側の協力者は誰だ』

またしても予期せぬ展開に、熊雷は驚愕《きょうがく》する。

「仁志村署長、これは」

「当初からの疑問だったんですよ」

仁志村は落ち着き払って言う。

「何故、偽造パスポートで入国したディルラバの件が中国公安部に筒抜けだったのか。何故、到着ロビーに出た直後の陳が折り畳みナイフを調達できたのか。何故、都合よく他の部署で異臭騒ぎが起きたのか。何故、土地鑑もない三人が空港内の死角を知っていたのか」

「しかし、それはいくら何でも」

「信じられないでしょうが、この疑問を解決する答えは一つしかありません。即《すなわ》ち空港職員の中に協力者がいるという可能性です」

「成田空港にそんな心得違いの職員は」

「いますよ。国家主席に忠誠を誓った公安部の人間も、結局は節を曲げて自供する。職業倫理に忠誠を誓った空港職員が己の信念を売ったとしても何の不思議もない」

モニター画面では来駕の尋問が終盤を迎えつつあった。

『第九審査部門に放り込まれた発煙筒だが、原料に使われていたパラフィンは飛散すると粒状になってあらゆる場所に付着する。煙が充満した部屋に居合わせた職員も被害に遭ったが、中に一人だけ手の甲に特に多くパラフィンを付着させた者がいた。渡部という職員だ』

まさか。熊雷は開いた口が塞《ふさ》がらない。モニターの中では、陳が力なく頷いていた。

「自作自演だったのですよ。用意した発煙筒を自分の職場で焚《た》く。部品の一部が中国製だったのは、自分を嫌疑の外に置くための目眩《めくら》ましでした」

口の中がからからに乾いていた。

「どうして、渡部が」

「彼は六年前にマカオを旅行した際、カジノで莫大《ばくだい》な借金をこしらえてしまいました。その時、現地で意気投合した中国人が全額肩代わりしてくれたのですが、その瞬間から渡部さんは中国共産党の奴隷に成り下がったのですよ」

絵に描いたような話だが、まさか自分の身近にあるとは想像もしなかった。

「証拠を揃えていたんですね」

「いったん疑えば、渡部さんの不都合な事情は容易《たやす》く調べることができました。熊雷さんと入れ違いのかたちになりましたが、ウチの捜査員が入管の成田支局に向かいました。もうじき渡部さんを連行してくる頃です」

「全部知った上で、わたしにこんなものを見せたのか」

「呉羽さんが殺害された際の状況を知りたいと言ったのは熊雷さんですよ」

「あなたはひどい人だ」

「否定はしません。ただ言葉を返すようだが、熊雷さんも迂闊《うかつ》に過ぎる。身内にスパイがいたというのに入管支局の人間は誰一人として気づかなかった。こんな事件が起きたにも拘らず疑う素振りさえ見せなかった。空港の安全を護る職員として、その態度が相応《ふさわ》しかったかどうか、

「一度考えてみる必要があるんじゃありませんか」

熊雷はひと言も返せなかった。

四　エマージェンシー・ランディング

1

『Narita tower, Japan Air 6004, Approaching Kisarazu, spot 14.』

ＪＬ６００４便が着陸の許可を求めてきたが現時点で先行機が存在するため、主幹航空管制官の伊庭幸太郎《いばこうたろう》はマイクに向かって進入継続の指示を出す。

「Japan air 6004, Continue approach, wind 210 at 7, You are no.4, traffic 12 O'clock, 5 and half miles ahead Boeing 737.」

『Continue approach, Japan air 6004.』

パイロットと管制官との会話は、相手が外国人であっても日本人であっても基本的に英語が使われる。パイロットと新管制塔との交信は他機のパイロットの耳にも届いている。天候や滑走路の情報を共有するためだが、そうした事情もありＩＣＡＯ（国際民間航空機関）によって英語での交信が取り決められているのだ。従って中央運用室の中は八割方英語が飛び交っている。

十五分後、先行機の着陸が確認できたので伊庭はＪＬ６００４便に着陸許可を出す。

「Japan Air 6004, Cleared to land, runway 34L.」

『Cleared to land, runway 34L, Japan Air 6004. Thank you!』

間もなくＪＬ６００４便が着陸態勢に入った。見守っているとボーイング７３７は危なげなく指定された滑走路にランディングしていく。やがて機体が静止すると、伊庭はようやくインカムを外した。

ちょうど休憩時間が回ってきたので、次の管制官に申し送りをしてから外に出る。

新管制塔は全面ガラス張りで開放感があるように見えるが、実際は緊張感が充満して気の休まる暇もない。管制官は目視によって離着陸しようとしている飛行機を安全に誘導するのが仕事だ。ほんの些細《ささい》なミスで大事故に繋《つな》がる可能性もあり、業務中は心身ともに強張《こわば》っている。

下部に位置するレーダー管制室は逆に閉鎖的な空間だが、まだこちらの方が落ち着くほどだ。

休憩室に入ると同時に疲労感が襲ってきた。伊庭は崩れるようにして椅子に座り込む。

銚子《ちょうし》沖で地震が発生したのは二時間前のことだった。空港では震度３以上の地震が発生した場合、全ての離着陸が中断される。滑走路を点検し、罅割《ひびわ》れ等が生じていないか確認できない限り再開できない。その間、着陸予定の飛行機は空港の上空を延々と飛び続ける羽目になる。管制官は本来の着陸順と各機の残り燃料を考慮しながら指示しなければならない。

主幹航空管制官は先任航空管制官、次席航空管制官を補佐するとともに、管制業務においては中心的存在となる。こうした突発事には有無を言わさず呼び出され総合的な指揮も任される。管制官に採用されてから十六年、アクシデントに怯《ひる》むことはなくなったが、それでも精神的なプレッシャーは相変わらずだった。

飛行場管制業務は他の業務と比べて時間的猶予がない。到着機Aと到着機Bの間に生じる隙間に出発機を何機出せるか、逆に何秒あれば到着機を着陸させられるのか全てを秒刻みに捉《とら》えている。航空機の中には一分一秒を争うような救命や捜索救難のために飛び立つものもあり、己の指示が誰かの命を左右し得ることに絶え間なく重圧を感じる。

航空機はその日の天候や風によって速度が左右される。到着機は向風が強ければ速度は落ち、逆に背風が強いと速度が上がるので、出発機を離陸させる時には到着機の速度を見ながら効率的に離陸させなければならない。しかし風向や風速は毎日毎時間変化する。その中で最も安全且《か》つ効率的な判断を常に求められるのが管制官なのだ。

その時、ドアを開けて主任航空管制官の倉間《くらま》美知《みち》が入ってきた。

「伊庭主幹、お疲れ様です」

「ああ、お疲れさん」

「大変でしたね、地震」

「まあ、あの程度でよかった。滑走路には何の異状もなかったしね」

「あの采配《さいはい》はお見事でした。滑走路が使用不能になってから再開するまで二十機以上も上空に待機していたのに、まるでコンピューター並みの正確さで指示されるんですから。横で見ていて震えました。わたしには到底真似ができません」

「よしてくれ」

伊庭は大袈裟《おおげさ》だと言うように片手を上げる。

「慣れだよ」

「慣れるまでが大変なんです」

倉間がいつになく気落ちしている様子だったので、おやと思った。倉間も最近は進境著しく、刻一刻と変化する状況に適時対応できているではないか。

「もう少し自信を持ってもいいんじゃないのかな」

「管制官は気力体力ともに完調でなければ務まりません。その点、不安材料があります」

彼女の近況を考えれば宜《むべ》なるかなとも思える。倉間は昨年の暮れに結婚したばかりで共働き夫婦と聞いている。本来ならば甘い新婚生活を満喫している頃なのだが、管制官の勤務体系はシフト制で夜勤が含まれるため、どうしても不規則な生活リズムになりやすい。共働きなら配偶者と生活リズムを合わせるのもひと苦労であり、自《おの》ずと女性側の睡眠時間が削られる傾向にある。

「管制官は、マイクを持てば年齢も性別もキャリアも関係ありませんからね」

倉間の勇ましい言葉も、聞き方によっては自己否定のようなものだ。伊庭としては部下の健康管理にまで介入できないのが歯痒《はがゆ》くてならない。

「それにしてもさっきの地震と言い、最近は色んなアクシデントが立て続けに起こりますよね」

「例の、入管での事件か」

先週、東京出入国在留管理局成田空港支局では殺人と異臭騒ぎが同時に発生した。異臭騒ぎはともかく成田空港内での殺人事件は椿事《ちんじ》であったから、空港職員の全員に知れ渡っている。

空港には宿泊施設も売店も銀行の出先機関も郵便局もある。言ってみれば自己完結した空間であり、ここで一日二十四時間三百六十五日過ごすこともできる。その中での殺人事件が空港関係者にショックを与えなかったと言えば嘘になる。天候不順やエンジントラブルに慣れた空港職員も、殺人事件には原初的な恐怖を覚えていた。

「空港警察に新任の署長さんが来てからというもの、俄《にわか》に物騒になった感があります」

「おいおい、滅多なことを言うもんじゃない。まるで新任署長が疫病神みたいな言い方じゃないか」

「わたし、そこまで言ってませんよ」

倉間は否定するが、彼女が新任署長に不穏な雰囲気を感じているのは確実だった。

「いずれにしても空港の中で血が流れるのは、いい気分じゃないな」

「同感です。でも妙な気分でもありますね。ほんのわずかなミスで何百人も死傷するような航空事故の危険性を孕《はら》んでいるのに、現実にたった一人の血が流れただけでもビビっちゃうんですから」

「それが当たり前の反応だよ」

伊庭は取りなすように言ったものの、考えてみれば開港前夜に成田空港、しかも伊庭たちの働く新管制塔は流血に塗《まみ》れている。世に言う成田空港管制塔占拠事件だ。

一九七八年三月二十六日、三里塚芝山《さんりづかしばやま》連合空港反対同盟を支援する新左翼の一派が開港間近の新東京国際空港（現成田空港）の管制塔の占拠を目論《もくろ》んだ。迎え撃つは全国から動員された一万四千人の機動隊及び空港公団が配置した警備員たち。三里塚現地闘争団は機動隊の主力を空港敷地外へ分散させた上で、地下排水溝から手薄になった空港敷地内に侵入し管制塔へ突入、内部の機器を徹底的に破壊した。

この事件により、多数の怪我人と死者一名が出た。そればかりではない。管制塔内部の破壊により新東京国際空港の開港は予定よりも約二カ月も遅れ、日本政府の政治的信頼と経済的利益を大きく損なう結果となった。

伊庭がまだ生まれる前の話であり、当然ながら事件の記憶などない。しかしながら成田空港の歴史の一部であり、航空保安大学校の座学で知識として叩《たた》き込まれている。

当時の教官はこう告げたものだ。

『開港に際して血が流れた空港など世界的に例を見ない。テロ行為が原因で開港が遅れた例もだ。従って成田は航空史上、稀《まれ》に見る呪われた空港と言っても過言ではない』

その稀に見る呪われた空港で自分は管制官を務めているのだから、世の中は皮肉としか言いようがない。

「これから先、天災以外の禍《わざわい》がないことを願うばかりです」

「天災はいいのか」

「地震や天候不順は人智の及ぶものじゃありませんから。願うというよりは祈る、ですね。それが無理なら、せめてわたしが非番の日に起きてくれればと」

一緒に笑おうとしたその時だった。

腰の無線機からコール音が鳴り響いた。休憩時間はまだ余裕がある。何か緊急の用件に相違ない。

「はい、伊庭です」

『主幹、三十分前に離陸したＪＬ６０００便から７５００のコールサインが発信されました』

途端に心臓が跳ね上がった。

各航空機にはトランスポンダーという機器が装備されており、これに四桁《けた》のコード（スクォーク）を入力することで自機の位置と高度を管制官に示すことができる。

7500はハイジャックを示す専用コードだ。

「すぐに行く」

伊庭が立ち上がると、倉間が今にも泣き出しそうな顔をしていた。今の会話を洩《も》れ聞いていたのだろう。

「今しがた、話をしたばかりなのに」

「折角、願ってくれたのにな」

「わたしも行きます」

「駄目だ」

伊庭は言下に拒絶する。

「ちゃんと休んでから戻れ。心身が疲れた状態で当たる仕事じゃない」

倉間を残し、中央運用室へと取って返す。

案の定、中央運用室は空気が目に見えて張り詰めていた。皆が待ちかねていた様子で伊庭を見る。

「JL6000便のキャプテンは誰だ」

「小山内《おさない》機長です」

小山内は操縦桿《かん》を握って二十年のベテランパイロットだ。何かのミスで誤った信号を発するとは思えない。

「もう相手とは話したのか」

「いえ、まだです」

「繋《つな》いでくれ」

インカムを装着し、ＪＬ６０００便と繋がったことを確認してマイクに向かう。

「Japan Air 6000. This is NARITA approach.（ＪＬ６０００便。こちら管制室です）」

『Affirm.（はい）』

「OSANAI, how do you read?（小山内さん聞こえますか？）」

『OSANAI, reading you five.（こちら小山内、聞こえます）』

声にわずかな緊張が聞き取れる。

「Did you choose squawk 7500?（スクォーク７５００にしましたか）」

『Affirm.（はい）』

二人の会話がやけに大きく聞こえる。中央運用室の中はそれほど静まり返っていた。

「Are there any abnormalities in the cockpit?（コックピット内に異状はありますか）」

『Negative.（いいえ）』

「Roger.（了解しました）」

ハイジャック犯に気取られぬよう、コックピットとの会話は事務的に済ませる。いったん通話を切ってから、伊庭は他の管制官に確認する。

「ＪＬ６０００便にスカイマーシャルは搭乗しているか」

スカイマーシャルは拳銃《けんじゅう》を携行して旅客機に乗り込む航空機警乗警察官のことだ。ハイジャックの横行に対応するかたちで日本でも二〇〇四年から運用が始まった。だが彼らが旅客機に乗り込むのは事前にテロ情報が寄せられた場合に限られている。

「いいえ。残念ですが」

小山内はコックピット内に異状はないと答えた。つまりハイジャック犯はまだコックピットに侵入していないことになる。

9・11アメリカ同時多発テロ事件を契機に、各国のハイジャック対策は大きく刷新されている。その一つが旅客機の操縦室に繋がるドアの仕様で、小火器による射撃や手榴弾《しゅりゅうだん》の破片にも耐えうるように防弾性のある素材が使われている。よほどのことがない限り、ハイジャック犯がJL6000便の操縦室を支配するのは不可能だろう。

いずれにしても飛行中の機内に警察官が突入できるはずもないので、中央運用室としては犯人の行動を静観するより他にない。

「犯人側からどんな要求が来るか分からない。行き先はJFK空港だが、緊急着陸の可能性もある」

伊庭は中央運用室にいる全員に向かって注意を促す。

「非常事態と認識する。至急、空港警察に連絡」

「ハイジャック発生の模様をお教えいただけませんか」

伊庭が驚いたことに、空港警察から馳《は》せ参じてきたのは仁志村署長本人と彼が率いる数人の捜査員たちだった。

事件現場に最初に臨場するのは末端の警察官ではないのか。いきなり最高責任者が顔を出すのは、いったいどういう了見なのか。

「まさか署長ご本人が来られるとは予想外でした」

「成田空港でのハイジャック事件はこれが初めてだと思いますが」

「その通りです。羽田では過去数回ありますけど」

「最初の事件だからこそ解決の早さと手際が問われます。今回の事件をどう処理したかが、今後予想される類似犯の抑止力にもなり得ます」

仁志村はにこりともせずに言う。

「これは試金石でもあるのですよ。ハイジャックに対する成田空港中央運用室と空港警察にとっての」

感情の読めない目に射すくめられ、いっとき伊庭は言葉を失う。

着任直後に仁志村の表敬訪問を受けていた。第一印象はずいぶん腰の低い警察署長というものだったが、いざ事件に対処する際の態度はまるで別人だ。有無を言わせぬ押しの強さと、反論を許さぬ威圧感がある。

「犯人はコックピット内に侵入しておらず、まだ要求等も出していません」

「ハイジャックしたからには遅かれ早かれ何か要求してきますよ。その間に我々は機内状況の把握と犯人の特定を急ぎましょう」

「では、早速JL6000便の乗客名簿の手配を」

「いえ、それは既に入手済みです」

仁志村は事もなげにファイルを掲げてみせる。中央運用室に来るまでに用意したのであれば、相当に俊敏な動きを見せたことになる。やはり侮れない人物だと思った。

中央運用室にボーイング787機の見取り図が持ち込まれてきた。各座席には乗客の氏名が振られ、位置関係が一目瞭然《りょうぜん》となっている。

「機内のCAを呼び出せませんか。犯人の人数と人相、凶器の有無を知りたいですね」

「やってみましょう」

再びJL6000便を呼び出すと、すぐに小山内が出た。

「ランプセントラルタワーです」

横に仁志村がおり、緊急事態でもあるので日本語に切り替える。

「空港警察が到着しています。状況を報告できますか」

『フライトして三十分後、一人が刃物を取り出しCAの一人を人質に取りました』

「犯人は複数ですか」

『現時点で確認できているのは一人。諸見里茂《もろみさとしげる》という男性です』

思わず仁志村の顔色を窺《うかが》う。早くも凶器の種類と犯人の氏名が明らかになったのだ。しかし仁志村の顔に動揺は見られず、会話を続けるようにと無言で促してくる。

「具体的な要求はまだ出ていないのですね」

『まだです。しかし先刻、新管制塔と直接話をさせろと言ってきました』

まずい、と思った。新管制塔と直接話したいということはコックピット内に犯人を入れること同義なので、それだけは避けたい。

伊庭の脳裏に過去のハイジャック事件の概要が過《よぎ》る。一九九九年七月二十三日、羽田空港発新千歳《しんちとせ》空港行きのＡＮＡ61便が男にハイジャックされた。男はＣＡに包丁を突き付けてコックピットへ行くように指示する。男はコックピット内にまんまと侵入し機長を殺害、その後操縦席に座り、自ら機の操縦を試みる。

ＡＮＡ61便は北に針路を変更し神奈川県上空を降下したかと思えば横田《よこた》基地付近で急旋回するなど迷走飛行を続け、急速に高度を下げたためにＧＰＷＳ（対地接近警報装置）が作動してしまう。副操縦士と乗り合わせていた非番の機長が男をコックピットから引きずり出して操縦桿を取り戻したものの、男の占拠が続けば機体が市街地に墜落し、航空史上最悪の事故を起こしていた可能性が大きい。

二度とあんな事件を再現させてはならない。その教訓はパイロットである小山内が一番心に銘じているはずだった。

ゆめゆめコックピット内への侵入を許してはならない。だがＣＡを人質に取っているとなれば、また話は別だ。

「客室から会話をするよう提案してみてください。あるいは機長を介在させての交渉であれば可能と伝えてください」

『了解』

「あと一つ」

いきなり仁志村が間に割り込んできた。

「犯人の所持している凶器の形状を知りたいですね」

「機長。犯人が所持する凶器について形状その他、判明していることを教えてください」

『CAたちの証言によれば刃渡り十五センチほどのナイフです。デモンストレーションだったのか、犯人は一度ならず座席に切りつけましたが、その箇所は綺麗《きれい》に裂けていたとのことです』

旅客機に備えられた座席はかなりの耐久性を誇っている。それが綺麗に裂けたとなればよほど鋭利な刃物と推測できる。

通話を中断してから気づいた。腋《わき》の下から嫌な汗が噴き出ていた。

「犯人を操縦室に入れないという判断は妥当です。ただし機長から口伝えで要求を聞くというのはいただけませんね」

伊庭の切迫を知ってか知らずか、仁志村の物言いは容赦ない。

「何故ですか。犯人と直接交渉しなければならない理由があるのですか」

「声の調子で犯人の心理状態を推察できるかもしれません。言葉の端々から隠そうとしている情報の一端が覗《のぞ》けるかもしれませんせん」

「それはそうかもしれませんが」

「加えて重要なのは犯人が機内に凶器を持ち込んだ過程です。手荷物のインライン検査ではCTスキャンで中身を透視しており、金属や刃物状のものは全てチェックされています。その警戒網をどうやって逃れたのか非常に気になるところです」

「持ち込みの過程は、それほど重要でしょうか。今はとにかく乗客乗務員の安全と犯人の動向の方が重要な気がしますが」

「事によれば身体検査や手荷物検査の際、犯人の協力者が関与した可能性があります」

さすがに聞き捨てならなかった。

「あなたは空港職員が共犯だと言うんですか」

「先週発生した事件では入管職員の中に内通者がいましたよ」

仁志村は当然のように言ってのける。

「想定外の事件が起きたのなら想定外の可能性を疑うべきですが、空港職員の内通は前例があるので想定外ですらない。極めて実状に沿った考えですよ」

仁志村は背後に控えていた捜査員に振り返る。

「諸見里茂のインライン検査で撮影された映像を解析する。至急、押さえろ」

「了解しましたっ」

二人の捜査員が同時に応《こた》えて外へ飛び出す。

仁志村の態度は不遜《ふそん》に映るものの、着任から短期間で部下を統率する能力は大したものだと思った。統率ではなく威圧かもしれなかったが、いずれにしても伊庭が持ちえない能力の一つだ。

数分後、機長の小山内から連絡が入った。

『犯人が針路の変更を要求してきました』

やはり、そうきたか。

「要求してきた行き先はどこですか」

『明確な目的地には言及せず、ＪＦＫ空港には向かわず、太平洋《たいへいよう》上を旋回しろと言っています』

思わず仁志村と顔を見合わせた。

ＪＬ６０００便が針路を変更して三十分が経過したが、未《いま》だ犯人から目的地は告げられなかった。

「ヤツはいったい何がしたいんだ」

管制官たちが注視する中、伊庭はつい不安を洩《も》らす。

「太平洋上を旋回し続けていたらすぐに燃料が尽きてしまうぞ」

言わずもがなを口にするのは焦っている証左だ。伊庭は自らを戒めるものの、やはり焦燥を隠しきれない。

「座りませんか、伊庭さん」

自分はちゃっかり座っている仁志村が近くの椅子を勧めてくる。

「いえ。自分は立っている方が落ち着くので」

「容疑者の諸見里茂については、パスポートの情報から現住所も家族構成も知れています。直に詳細が判明するでしょう」

犯人の素性が分かれば対処方法にも幅が生まれる。同じ交渉をするにしても、相手のプロフィールを知っているのといないのとでは対応に雲泥の差がある。

「署長はまだ共犯の存在を疑っているんですか」

「凶器の持ち込みに関して疑惑が晴れるまでは」

最前から伊庭と仁志村の会話を聞いている管制官たちは、もちろんいい気はしないだろう。

だが仁志村はどこ吹く風の体で椅子に深く座る。

「伊庭さん。ランプセントラルタワーからは燃料切れを防ぐよう要請をするのですか」

「無論です」

「具体的には」

「ハイジャック犯を乗せた機をすんなり受け容《い》れてくれる空港を探すのは困難です。犯人の要求内容にもよりますが、成田に引き返させるのが一番無難です」

「でしょうね。素人のわたしでもそう考えます」

仁志村は何を言おうとしているのか。発言の真意を確かめようとしたその時、JL6000便から連絡が入った。伊庭はマイクに飛びつく。

「はい、こちら管制官」

『たった今、犯人から要求がありました。要求が聞き入れられるまでは、太平洋上を旋回し続けるとのことです』

「内容を言ってください」

『それが』

初めて小山内が口籠《くちごも》る。よほど深刻な内容なのかと身構えたが、小山内の返答は意外なものだった。

『〈ザ・フェアリーズ〉を再結成して、武道館で復活コンサートを開催しろという要求です』

〈ザ・フェアリーズ〉とは何だ。唐突に出てきた意味不明の単語に戸惑っていると、一番若い女性管制官が袖《そで》を引っ張った。

「主幹。〈ザ・フェアリーズ〉は二年前に解散した五人組のアイドルグループです」

聞いた途端、腰が砕けそうになった。

なるほど、熱狂的なアイドルオタクの犯行だったか。

「それなら、すぐ所属事務所に連絡して、嘘でもいいから再結成のニュースを流して」

「難しいと思います」

「何故だ」

「音楽性の違いとかいう建前で解散しましたけど、実際はメンバー間の関係が修復不可能なまでこじれてしまったのが原因だったんです。しかもメンバーのうち二人は消息不明という噂です」

2

アイドルグループの話が出ると、それまで緊迫していた空気が俄に白けた。

要求がこちらを嘲笑《あざわら》うような内容であったことと、実際には実現困難という事情が全員を混乱させている様子だった。

混乱しているのは伊庭とて例外ではない。犯人の諸見里茂が本当にアイドルオタクなら〈ザ・フェアリーズ〉解散の顚末《てんまつ》を知らぬはずがない。知った上での要求なら無理もいいところだ。

いや、待て。

所属事務所の尽力をもってしても無理な相談だからこそ非常手段に訴えたのではないのか。そうした非常識さがオタクの身上ではないのか。

つらつら考えていると、仁志村が声を掛けてきた。

「犯人の要求、本気だと思いますか」

「正直、迷っています。オタクが昂《こう》じて握手会でアイドルに暴行を加えた事件もありましたから、熱狂的なファンが犯人ならハイジャックもあり得るのではないかと」

「可能性は捨てきれませんが、わたしは違う見方をしています」

仁志村は相も変わらず感情の読めない目をしている。

「本当に件《くだん》のアイドルグループの復活コンサートを望んでいるのなら、何より自分が観覧したいと思うはずです。しかし、諸見里は武道館での開催を要求してきました。もし諸見里がコンサートを観覧するのなら、ハイジャック事件後も逮捕されず日本国内にいなければなりませんが、どだい無理な話でしょう」

「つまり最初から実現不可能であるのを知った上で要求してきたというのですか」

「可能性は捨てきれません」

仁志村は同じ言葉を何度も繰り返す。あまりに事務的な物言いなので、聞いていると苛々《いらいら》してくる。

「だからこそ諸見里本人と話して真意を探る必要があるのです。現在ＪＬ６０００便が旋回している太平洋上では客室との交信が可能なんですか」

「客室からのメールや通話はできません。機内 Wi-Fi サービスというのはインターネットが利用できる程度で」

「それはあくまで航空法施行規則第１６４条の16の縛りがあるからでしょう。飛行機の安全な運航に支障を及ぼす行為は安全阻害行為として禁止されています。携帯やスマホなどの電子機器で正当な理由なく飛行機外の通信設備に無線通信を行うことも安全阻害行為として禁止されています。しかし、より重大な危険を回避する目的なら安全阻害行為とは言えないのではありませんか。幸い、こちらでは諸見里の携帯の番号が分かっている」

「こちらから犯人にコンタクトを取るというのですか」

「電子機器から発生した磁気が電気系統の磁界に誤作動・誤発信を誘発する惧《おそ》れがあるのは聞いていますよ。しかしボーイング７８７機は、ひと言ふた言交わしただけで墜落するような代物ではないでしょう」

非常時には、その人間の素顔が見えるものだ。不遜且《か》つ強権的、それが仁志村の本質であることに伊庭はようやく気づいた。

こちらの警戒心を察したのか、仁志村は取りなすように顔を近づけてくる。

「もちろん今すぐという訳ではありません。直接交渉するにも、まだ諸見里に関する情報が不足していますからね」

パスポートから諸見里の住まいが習志野《ならしの》市内にあるのは知っている。仁志村のことだから、とっくに捜査員を自宅に向かわせているに違いない。

その時、二人の捜査員がファイルを携えて戻ってきた。

「お待たせしました」

彼らが携えていたのは保安検査場でＣＴスキャンした画像のコピーだった。仁志村が広げたコピーを、伊庭が肩越しに見つめる。

諸見里の手荷物は大ぶりのショルダーバッグ一つだった。透視されたバッグの中にはタオル、二十センチ四方の板、筆記用具とノートが収められている。二十センチ四方の板はどうやら絵画らしい。ＣＴスキャンは投影物の材質も明らかにする。見る限り、刃物や金属の類《たぐい》は存在しない。

「この中に凶器はなさそうですね」

伊庭が話し掛けても答えはない。仁志村はＣＴ画像を自ら解析するかのように凝視している。

「鑑識へ回してくれ」

仁志村は二人の捜査員に突き返した。

「更に解析して細部を見たい」

二人の捜査員がまた出ていくのと入れ替わりに、別の捜査員が飛び込んできた。

「諸見里茂の自宅、家族が在宅していました」

彼は仁志村の許《もと》に駆け寄り、何やら耳打ちをする。空港職員に洩らしてはならない捜査情報なのだろう。

しばらく内密のやり取りをした後、ようやく仁志村がこちらに向き直った。

「伊庭さん。現場責任者のあなたとは最低限の情報を共有しておきたい」

「よろしく」

「諸見里茂三十二歳。前職は自動車整備工、現在は無職。母親を早くに亡くし、今は実家で兄と父親との三人暮らし。前科はありません」

「お聞きする限り、ハイジャックしそうな背景は窺えませんね。やはりアイドルオタクの暴走ですかね」

「それは本人に訊《き》いてみましょう」

そう言うなり、仁志村は自分のスマートフォンを取り出した。いよいよ諸見里と直接交渉するつもりらしい。

「くれぐれも長電話は控えてください」

「ご心配なく。最後まであなたは機内との通信に反対されたと報告しておきますから」

「そういう意味じゃない」

思わず声が大きくなった。

「あなたはハイジャック犯を逮捕できればそれでいいだろうが、わたしたちには乗客と乗務員の生命を守る義務がある」

「それはわたしたちも同じですよ」

仁志村は険のある目つきで睨《にら》み返してきた。

「市民の生命と財産を守るために警察はあります。我々の場合は成田空港を利用する全ての乗客と空港職員がその対象です。もちろん伊庭さんも含めて」

反論を許さぬ口調で言い放ち、仁志村はスマートフォンで相手を呼び出す。

コール一回。

二回。

三回。

四回目でようやく繋がった。

『……もしもし』

若い男の擦《かす》れ気味の声だった。

「諸見里茂さんのケータイでよろしいですか」

『諸見里茂は俺だけど』

「成田空港警察署長の仁志村です」

諸見里が一瞬、押し黙る。

『いきなり警察が、こっちのスマホに電話してくるのかよ』

「交渉窓口ですからね。ＣＡや機長を介するよりストレートな話ができていいでしょう」

『要求はもう伝えてあると思うけど』

仁志村からの情報では三十二歳ということだが、喋り方はずいぶんと幼い。

「確認しています。〈ザ・フェアリーズ〉を再結成し、武道館で復活コンサートを開催しろという内容でしたね」

『ああ』

「〈ザ・フェアリーズ〉の熱心なファンなんですね」

『何万人というファンが彼女たちの再結成を待ち望んでいる』

「なるほど。それで、諸見里さんはメンバーの誰を推しているんですか」

再び諸見里は沈黙する。仁志村は相手の反応を楽しむように口角を上げる。

「どうしましたか」

『俺はメンバー全員を推している』

「そうですか。ではメンバーのうち数人が消息不明であるのも知っていますね」

『警察が頑張ればすぐに見つけられるだろ。乗客と乗務員の命がかかっているしな』

「いくら警察でも数時間では無理な話です」

『調べろよ。それが仕事だろ』

「彼女たちの行方を調べている間、ずっと旅客機を洋上で旋回させ続けるつもりですか」

『どうせ着陸を許可してくれるような空港はないだろ』

「〈ザ・フェアリーズ〉の所属事務所とは現在交渉中です。もうしばらく待ってください」

『俺はあまり気が長い方じゃない』

「しかし再結成コンサートを見ないまま、海の藻屑《もくず》となって消えるのはあなただって嫌でしょう。そのまま旋回を続ければ、やがてＪＬ６０００便は燃料切れを起こして墜落する」

『覚悟の上だ』

どこか上擦った口調だった。

『妥協するつもりは一切ないからな。再結成する証《あかし》としてメンバー全員が集まった映像をこちらに送れ。交渉はそれからだ』

一方的に通話が切れた。仁志村は諸見里の反応を予測していたらしく、さほど残念そうな顔ではなかった。

「まずは様子見ですか」

「様子見ではなく、最初の尋問です」

少なくとも虚勢ではないらしい。

「今の会話で彼の要求が本意ではないことが分かりました。推しの名前を言えないようなファンがいるものですか。おそらく諸見里が機をハイジャックしたのには別の目的があります」

「本当にグループ全員のファンかもしれないじゃないですか」

「ウチの捜査員が諸見里の自宅を訪れ、彼の部屋にも入りました。どんな部屋だったか想像つきますか」

三十二歳独身男性の部屋などあまり想像したくもなかった。

「〈ザ・フェアリーズ〉のポスターが壁全面を覆い、彼女たちのCDやグッズが所狭しと並べられている。そんなんじゃないですか」

「まさしくその通りです。諸見里の部屋は〈ザ・フェアリーズ〉関連のポスターやCD、グッズで溢《あふ》れ返っていたそうです。しかも相当雑に」

「雑多という意味ですか」

「いえ、偽装の仕方が雑だったのですよ」

仁志村は笑いを堪《こら》えているようだった。

「まずポスターですが、陽の光が燦々《さんさん》と射し込む壁に貼られていたにも拘《かかわ》らず陽焼け一つなく、CDにはブックオフの値札がついたままになっていたそうです。本当のファンだったらCDは発売当日に買うものですよ。おそらく〈ザ・フェアリーズ〉のファンであることを装うために大急ぎでポスターやグッズ類を買い集めたので、細かいところまで神経が行き届かなかったのでしょう」

「何のためにそんなことを」

「決まっています。本来の目的を隠すためですよ」

「では、〈ザ・フェアリーズ〉の所属事務所に現在交渉中というのは」

「はったりですよ。向こうの嘘にこちらも嘘で応えたまでです」

仁志村の開いたカードにはどれも説得力があり、諸見里を若干挑発していた理由も頷けた。相手を煽《あお》ってぼろを出させようとしていたのだ。

「この先、どうするつもりですか」

「もちろん交渉は続けます。ただし、これ以上諸見里を煽るような真似は危険でしょうから別のアプローチを試してみます」

伊庭はふと不安に駆られる。仁志村を見ていると、乗客たちの生命を守りたいのか、犯人との知恵比べに勝ちたいのか判別できなくなってくる。

「要点は、やはり凶器を如何《いか》にして機内に持ち込んだかです」

「方法は、そんなに重要な事柄なんですか。わたしにはそう思えないのですが」

「人間のすることは、所詮《しょせん》思いつきの範疇《はんちゅう》を超えられないのですよ。考えつくことしか計画できない。現状の知識の範囲内でしかアイデアを出せない。言い換えれば、本人の知的レベルでしか計画は立てられない。アイドルオタクを装うやり方の稚拙さから、諸見里茂はさほど周到でもなければ狡猾《こうかつ》でもない。それなのに凶器の持ち込み方については、我々がすぐには看破できない方法を採っている。これは明らかな矛盾です」

「つまり、計画には諸見里よりも賢い人物が共犯に加わっているという判断なのですね」

「そう考えれば辻褄《つじつま》が合いますからね」

「あなたは、その人物が空港職員だと考えている」

「泥棒の手口を泥棒の次に知っているのは警察官です。密輸の手段を犯人の次に知っているのは密輸を取り締まる人間です」

仁志村は諸見里ばかりか中央運用室にいる人間全員を挑発するように言う。管制官の中には、明らかに敵対心を顔に出す者も現れた。

しかし仁志村自身は蛙の面に小便といった体で泰然としていた。

3

一度諸見里と交渉のパイプができてしまえば中央運用室に居座る必要もなく、仁志村はどこかへ消えてしまった。

だが視界から消えてくれた方がこちらはやりやすい。口にしないまでも伊庭は安堵《あんど》した。

仁志村と入れ違うように倉間が姿を見せる。

「今、どうなっていますか」

切羽詰まった表情で、休憩していても落ち着かなかったのが分かる。

手短に経緯を説明されても、彼女の顔に安堵の色は表れない。

「それじゃあ交渉継続ではあるものの、打開策は無きに等しいじゃないですか」

得られるものは何一つない。


「声が大きい」

倉間はしまったという顔で自分の口を押さえる。中央運用室にいた職員は仁志村と諸見里のやり取りを聞いていたから状況を承知している。ただでさえ不安でいっぱいの現場を刺激して得られるものは何一つない。

倉間は声を落とした。

「JL6000便はまだ太平洋上ですか」

「相も変わらずだ」

JL6000便ボーイング787‐8型機の最大燃料積載量は十二万七千リットル、最長航続距離は八千五百海里（約一万五千七百キロメートル）。離陸してまだ二時間ほどしか経っていないので、しばらくは航行可能だが、問題は何より燃料切れの際の対応だ。

787のような大型機が厄介なのは、小さな空港には着陸が困難な点だ。緊急着陸の際も空港を選ぶので、大きな滑走路を持つ空港を現段階からリストアップしておく必要がある。

だがハイジャック犯を乗せた旅客機を歓迎してくれる空港は多くない。管制官の交渉能力が問われるところだが、乗客と乗務員の安全を考えれば実力以上を発揮するしかない。

「空港警察はハイジャック犯を煽るような交渉なんかして、いったい何がしたいんでしょうか」

自分が知りたいくらいだと思ったが、この場で警察不信を口にしてもやはり得るものはない。

「凶器をどうやって機内に持ち込んだかにひどく関心を寄せている。煽るような交渉は、その方法を聞き出すための方便のように聞こえた」

「諸見里茂はさほど周到でもないのに凶器の持ち込み方については、すぐには看破できない方法を採っている。つまりハイジャックには諸見里以外の人物が関与している、でしたね。すぐにはってことは、時間があれば解明できるという自信なんですかね」

「わたしは仁志村署長じゃないから分からん」

言葉を濁したものの、伊庭も倉間と同じことを考えていた。乗客乗員の安全よりも犯人逮捕に重きを置くような素振りは受け容れがたいが、言葉の端々からは警察官としての優秀さが窺える。伊庭たちの目の前で明言するからには、それなりの自信があるに相違ない。

「とにかく犯人逮捕は警察の仕事だ。我々は一刻も早く乗客乗員が解放される方法を模索する」

「了解」

大見得を切ったのは中央運用室にいる職員たちの動揺を鎮めるためだ。だが、実際問題として交渉を警察に任せた時点で中央運用室のやれることは限られている。

その時、無線の呼び出しがあった。

「伊庭です」

『伊庭主幹。梶田《かじた》交通管制部長が合同庁舎におみえになっています』

おいでなすったか。

「倉間さん、ここを頼む」

ひと言残し、伊庭は官庁合同庁舎へと向かう。

指定された部屋に入ると、その人物が伊庭を待ち構えていた。交通管制部長梶田実則《さねのり》、国土交通省航空局において航空保安業務（航空管制、運航情報、無線施設の維持・管理等）を掌《つかさど》る最高責任者。普段は霞《かすみ》が関《せき》の本省にいるが、さすがに今回は現場に出張ってきた。

こちらを睨み据えた眼光は相変わらず鋭い。視線が痛くなる感覚は梶田ならではだ。元の上司なので慣れているものの、彼の下で働いたことのない倉間辺りは緊張のあまり胃痛を訴えるのではないか。日頃から厳《いか》めしい面立ちが、今日は殺気立ってさえいる。

「ハイジャックの件は聞いた」

声も顔に劣らず厳めしい。

「まさか羽田の悪夢が成田で再現されるとはな。交渉はどうなっている」

「依然、継続中です」

伊庭が経過報告する間も梶田の表情は動かない。乗客乗員の安否も然《さ》ることながら事件の重大性がそうさせているのだろう。

「愚にもつかん要求だな。その仁志村とかいう署長の推察は間違っていない」

「ええ。しかし仁志村署長が乗客乗員の安全を第一に考えているかどうかはよく分かりません」

「乗客乗員の安全以外、何を優先すると言うんだ」

「犯人逮捕です」

「功名心の固まりなのか」

「功名心かどうかさえも不明です。ただ、これまでの経歴を考えると出世コースを順調に歩いてきた人物なので」

「ぶら下がっている手柄に目が眩《くら》んでいる確率が高いということか」

梶田は吐き捨てるように言う。

梶田自身は管制官として飛行場管制業務及びターミナル・レーダー管制業務を経験した後、

航空局管制課で運用係長として本省勤務となった経緯がある。言わば現場叩《たた》き上げの役人であり、国交省のエリート官僚には思うところもあると聞いた。伊庭の上司だった頃も、人命よりも功名に走る人間をひどく軽蔑《けいべつ》していたのだ。

「君の人物評が確かだとすると、警察に一任しておくのは不確定要素が大きいな。対処は」

「犯罪捜査に関しては一任するより仕方ありませんが、JL６０００便の状態については絶えずモニタリングしています。もっとも小山内機長が燃料切れまで静観するとはとても思えません」

梶田も小山内機長のキャリアを承知しているので疑問は差し挟まない。

「しかし機長はコックピットから出る訳にいかないし、ハイジャック犯を中に入れることもできない。しばらくはCAを介してしか話ができない」

「話ができたとして空港警察の頭越しに交渉するのは不可能でしょう。第一、仁志村署長は既に犯人とのパイプを構築しています」

「直接犯人と交渉できる分、空港警察に主導権を握られているということか」

梶田は今にも床に唾《つば》を吐きそうな顔つきで言う。

「ハイジャック犯は凶器を持っているんだったな」

「はい。かなり鋭利な刃物と聞いています」

「運よくJL６０００便がいずこかの空港に緊急着陸して墜落を免れたとしても、死傷者が出れば凶器の持ち込みを看過したとして成田空港の管理体制が問われる」

「しかし死傷者が出れば空港警察も批判から逃れられないでしょう」

「死傷者が出ても、犯人の身柄を拘束すれば事件としては一件落着だ。死傷者を出した汚点も事件を終結させた事実で雪《そそ》がれる。世間やマスコミは空港警察を責めはしない」

理不尽な話だが、梶田の言説はいちいち思い当たる。世間の非難が、そもそも諸見里に凶器の持ち込みを許した成田空港に向けられるのは必至だ。

「乗客乗員の生命を守るのは当然だが、それは成田空港の威信を守ることでもある」

「心得ています」

「乗客乗員の中から死者を一人も出すな」

梶田はこちらの正面を見据えて言う。希望や要望といった口調ではない。

命令だった。

「事と次第によってはハイジャックされた機がどうなっても構わない。だが乗客乗員の生命と安全だけは確保しろ」

言外にハイジャック犯の生命と安全は無視して構わないと言っているようなものだ。もちろん、この場合は乗客乗員のそれが最優先となる。

「乗客乗員の安全確保を第一に考えた場合、ハイジャック犯の要求が通る通らないは別にして逃げ果《おお》す可能性も充分にありますね」

「我々が関知することじゃない」

「現状、空港警察と連携を取っています」

「事件の進行とともに空港警察は犯人逮捕に舵《かじ》を切ってくる。そうなる前に主導権を奪取するんだ」

警察を向こうに回して事件を解決しろという命令なのだから無茶もいいところだ。だが梶田の命令には空港職員としての責任と矜持《きょうじ》が込められている。

「怖気《おじけ》づいたような顔つきだな」

「梶田部長の仰《おっしゃ》ることは充分理解できます。ただ警察の捜査を妨害したと見做《みな》されたら公務執行妨害と取られかねません」

「人命第一に動きさえすれば世論は味方してくれる。よしんば警察と敵対したとしても、君が前のめりに倒れる限り局は全力で君を援護してやる」

頼もしい限りだが、逆の言い方をすれば前のめりでなければ救いの手を差し伸べないという意味だ。慣れているとは言え、梶田の指示には相変わらず苛烈《かれつ》なところがある。

「元より人命第一は日頃から肝に銘じています」

「結構」

「ただ、逃げる訳ではありませんが、警察を敵に回すのは初めてです」

するると梶田は束の間、考えごとをするかのように天井を仰いだ。

「仁志村署長の動向は把握しているのか」

「ハイジャック犯との交渉を終えると、ぷいとどこかへ消えてしまいました」

「署長なのだろう、一応は」

「なにぶん神出鬼没な人物でして」

「タチが悪いな」

梶田は胸糞悪《むなくそ》そうに呟《つぶや》く。

「司令塔というのはどっしり構えて動かないものだ。司令塔がちょこまか動いたら従う者が落ち着けない。それでも動くのは、自分の能力を過信しているか部下を全く信用していないかのどちらかだ」

あの男ならさもありなんと思う。

「君はそういう司令塔をどう思う」

「過信かどうかはともかく、仁志村署長が自信ありげなのはその通りでしょうね」

「現場でわたしの指揮が必要か」

この問いにも二つの意味が重ねられている。本当に現場は梶田の命令を必要としているのか。もう一つは、梶田の指示がなければお前は何もできないのか。

「現場の責任者は自分ですから」

「そうか。それならわたしは本省に戻るとしよう」

梶田はゆっくりと腰を上げ、出口に向かう。だが、最後にこちらをひと睨みするのを忘れない。

「この事件をどう捌《さば》いたかが、君の将来を決めることになる。心してかかれよ」

睨まずとも、そのひと言だけで脅しの効果は充分だと思った。

「吉報を待っている」

梶田の後ろ姿を見送りながら、誰にとっての吉報なのかと考えてみる。無論、乗客乗員とその家族にとってだろう。

気がつくと盛大に手汗を搔いていた。元上司の面前は慣れていたはずなのに、無意識のうちに緊張していたらしい。

深く息を吐いた時、またぞろ無線が鳴った。

『倉間です』

「何か進展があったか」

『いえ、JL6000便は特に変化ありませんが、ランプセントラルタワー外の方に』

「どうした」

『マスコミ関係者と思われる数人がランプセントラルタワーに向かっているとの情報を得ました』

想定外の知らせで、いきなり後頭部を殴られたような気がした。いや、想定外というのは言い訳に過ぎない。どれだけ箝口《かんこう》令を敷こうが秘密裏にしようが、ハイジャックなどという大事件が長時間隠し果せるはずもない。遅かれ早かれ露見するのは目に見えている。

『主幹。どうしましょうか』

情報を洩らしたのはJL6000便の乗客か乗員か、それとも空港職員か。この際、犯人捜しは後回しでいい。

「報道関係は空港警察に丸投げしておけばいい。いずれにしても警察の頭越しに対応すれば、後で文句を言われかねない。何より現段階で下手に対応すれば乗客乗員の家族に不安を与えるだけだ。しばらくは音無しの構えでいよう」

『了解』

無線を切った後、報道関係への対応を空港警察に丸投げするのは我ながら好判断だと思った。

事件発生を公表するのが空港警察であろうが空港事務所の広報部であろうが、伊庭たちはランプセントラルタワーに閉じ籠って事態の対応にあたれる。

ランプセントラルタワーに続く廊下を歩きながら、自身と仁志村との距離について思いを巡らせる。ハイジャック事件の解決には空港警察とランプセントラルタワーの協力が必要不可欠のはずなのに、双方の最終目的が異なるために肚《はら》の探り合いをしなければならない。乗客乗員の生命と安全を前にしながら、空港内では虚々実々の駆け引きが行われている。これを知れば不安に打ち震えている乗客乗員がどう思うだろうか。

再び無線が鳴る。

『すみません、主幹』

「今度は何だ」

『空港事務所から中央運用室に連絡です。事務所内に対策本部を設置するので、空港警察と関連部署の責任者は至急お集まりくださいとのことです』

くそ、と胸の裡《うち》で毒づく。情報伝達と意思疎通のために各部署の責任者を一堂に集めるというのは至極正しい。だが危急の刻《とき》には時間の無駄遣いになる。そうかと言って、下位の主任航空管制官を出席させる訳にもいかない。

「すぐに向かうと伝えてくれ」

『了解』

空港事務所に到着してからの一時間は苦痛以外の何物でもなかった。居並ぶ執行役員の前で事件発生の経緯を説明させられ、各部署間との連携と協力を要請され、得られた情報は全て対策本部で一元化するように申し伝えられる。

当然の流れで対策本部長には成田国際空港株式会社の取締役社長が任命されたが、実質的に指揮を執るのは副本部長に指名された空港警察の仁志村署長だ。

「空港警察の仁志村です。まずお願いしたいのは情報管理です。本部に入って来た情報は逐次皆さんと共有しますが、外部への公表は全て空港事務所の広報部に担当してもらいますので、それ以外は如何なる部署、如何なる情報もリークは禁止とします」

その他、仁志村は細々とした注意事項と捜査方針を説明し、ハイジャック犯である諸見里茂の簡単なプロフィールを紹介する。諸見里の要求内容を知らされた執行役員の多くは嫌悪感を隠そうともしなかった。

事件解決には直結しそうもないセレモニーを終えて廊下に出る。無駄な時間を費やした徒労感と焦燥で、つい足早になる。

「伊庭さん」

背後から声を掛けてきたのは仁志村だった。

「ちょうどよかった。伊庭さんに話があったのです」

「持ち場に戻る途中です。急ぎの用でないのなら」

「諸見里が機内に凶器を持ち込んだ方法、わかりましたよ」

咄嗟に振り返ると、仁志村は対策本部の流れでひどく真面目くさった顔つきのままだった。

「本当ですか」

「保安検査場でＣＴスキャンされた画像がありましたよね。あれを精細にした結果、判明しました」

仁志村は持参していたファイルの中から紙片を取り出す。諸見里のショルダーバッグの中身を透視した画像だった。なるほど解析したらしく、所持品の数々がより克明に映っていた。

「注目してほしいのは、この二十センチ四方の木板です。当初は絵画と思われていましたが、そうではありませんでした」

伊庭は画像の中の木板を凝視してみる。すると、木板にうっすらと刃物のかたちが浮かんでいるのが分かった。これだけ解像度を上げてもうっすらとしか認識できないのなら、ＣＴスキャンの粗い画像で検知できないのも当然だ。

「屋台の型抜きをご存じですか」

「板菓子に描かれた動物とかを針や爪楊枝《つまようじ》で、型を割らずに上手《うま》くくり貫《ぬ》く、あれですよね」

「応用ですよ。凶器がナイフの形状をしていても、これだけ隙間なくびっしり嵌《はま》っていたら一枚の板にしか見えない」

「しかし、このナイフが木でできているなんて俄には信じられません。かなり頑丈な造りの座席を綺麗に裂いてしまうほどの切れ味らしいじゃないですか」

「普通の木ではないのですよ」

仁志村は画像の木板を指しながら説明を始める。

「ナイフやノコギリはほとんどが金属製で、木製のものは見当たりません。何故だと思いますか」

「圧倒的に強度が足りないからでしょう」

「ええ。しかし現在、通常の木材の強度を二十三倍近く増加させる加工方法があるのです。開発したのはメリーランド大学の研究チームですが、既に木製のナイフは実用化されています」

「二十三倍」

「スチールやセラミックと同等の強度です。これなら旅客機の座席はもちろん動物の肉を切り刻むことなど造作もありません。実際、件の研究チームは開発した木材で釘《くぎ》を作り、三枚重ねの木板にハンマーで打ち付けるデモンストレーションを行いました。釘は損傷することなく、分厚い板を貫いていました」

「そんなことが可能なんですか」

「これは受け売りに過ぎないんですが、木材の主成分はセルロースという高分子化合物です。このセルロース、実はスチールやセラミックなど人工的に製造された素材よりも密度に対する強度の比率が高いんです」

「しかし、現実に木製は脆《もろ》いし切れ味も悪いじゃないですか」

「樹木には栄養分を運ぶための空洞があり、その空洞がセルロースの持つ本来の強度を落としてしまいます。そこで研究チームは木材に熱と圧力を加えることで高密度にしたという訳です」

仁志村の説明は簡潔で分かりやすかったが違和感も伴う。一般人である諸見里茂が最先端の素材による凶器を携帯していたという違和感だ。そして、あっと思った。

『所詮思いつきの範疇を超えられないのですよ。考えつくことしか計画できない。現状の知識の範囲内でしかアイデアを出せない。言い換えれば、本人の知的レベルでしか計画は立てられない』

あの言葉の意味が今になってようやく腑《ふ》に落ちた。

「そんなハイテク素材を、諸見里がどうやって入手したかが問題なんですね」

「ええ。実用化されている木製ナイフですが、ネット通販で買えるような代物じゃない。諸見里のような素人が手軽に造れるような代物でもない。加えて一般に普《あまね》く知れ渡っている製品でもない」

高強度木材の知識を持ち、実際に入手する伝手《つて》がある人物。言われてみれば、そういう人物の影が諸見里の背後にちらつく。

「しかし、その人物が悪気なしに木製ナイフを貸し与えただけかもしれない」

「悪気なしに貸し与えますかね。最新技術で造られた刃渡り十五センチほどのナイフを」

仁志村は親指と人差し指で十五センチほどの長さを示す。確かに刃渡り十五センチというのは果物ナイフやペーパーナイフの大きさではない。充分以上の殺傷能力を持つ、明らかな凶器の大きさだ。

「現状は状況証拠だけですが、凶器を提供した人物を想定した場合、今回のハイジャックが二人以上のメンバーで実行されていることになります。しかもメンバーはＪＬ６０００便に乗客として同乗してはいない。同乗するのであれば、その人物も同様に木製ナイフを持ち込むでしょうから。しかし他の乗客の手荷物に木板状のものは見当たらなかった」

「あなたの口ぶりだと、その人物がＪＬ６０００便の乗員に紛れ込んでいるように聞こえる」

「乗務員の持ち込みチェックは乗客より厳格じゃありません。否定できる材料はないのですよ。

ハイジャック犯が複数であると仮定した場合、機内に乗り込むのは一人より二人、二人よりは三人の方が戦術として有利ですからね」

聞くだに苛立つ理屈だが、説得力があるので反論できない。

「対策本部の席上、仁志村署長はそんな重大な事実を公表しませんでしたね」

「現物が手元にない限り、確定した情報ではありませんので」

「確定してもいない情報をわたしだけに教えてくれた理由は何ですか」

「あなたが主幹管制官だからですよ。凶器の素性と犯人が複数である可能性。知っているといないとでは今後の対処法に違いが生じるでしょう」

自分に事件の対処を任せるつもりなのかと、少なからず驚いた。

「重ねて言いますが市民の生命と財産を守るために警察は存在し、我々の場合は成田空港を利用する全ての乗客と空港職員がその対象です。我々は同じ目的を共有するチームなのですよ、伊庭さん」

仁志村はそう言うと、何事もなかったかのように伊庭の前から立ち去っていく。後に残された恰好《かっこう》の伊庭は仁志村の言葉を反芻《はんすう》してみる。

仁志村は重要な情報だからこそ主幹管制官である自分と共有したと言った。対策本部の指揮を執る立場の者としては至極真っ当であるのは認めざるを得ない。

だが一方、仁志村が上昇志向の顕著な人間であるのを否定する材料もない。今回のハイジャック犯を逮捕できれば、彼の経歴には間違いなく加点がつく。

たとえ乗員乗客に被害者が出たとしても。

『乗客乗員の中から死者を一人も出すな』

『事と次第によってはハイジャックされた機がどうなっても構わない。だが乗客乗員の生命と安全だけは確保しろ』

梶田の言葉が甦《よみがえ》る。伊庭は芽生えたばかりの仁志村への信頼感を振り払い、今自分が為《な》すべきことを考えてみる。

即座に思いついたのは、乗客乗員の安全を確保するのに有利な条件を整えることだった。仁志村が優位に立っているのは諸見里との交渉パイプを確立したからだ。しかし諸見里の個人情報は伊庭も知る立場にある。情報共有という対策本部の方針には逆らうが、乗員乗客の安全を確保するためにはこちらも直接交渉できるパイプを構築する必要がある。

考えた末、伊庭は部下の主任管制官に連絡した。

『はい、倉間です』

「頼みたいことがある」

4

着替えている余裕などない。

倉間は制服の上にジャケットを羽織ると、そのままターミナルビルから外に出た。待機していたタクシーに乗り込み、行き先を告げる。

「習志野市の香澄《かすみ》までお願いします」

パスポート情報にあった諸見里の現住所を告げ、後部座席に身を沈める。

落ち着け、美知。

ここが正念場だ。

先刻、上司の伊庭から頼まれたのは諸見里の自宅に向かい、彼の家族に説得を依頼することだった。母親を早くに亡くし、今は実家で兄と父親との三人暮らしと聞いている。親族からの説得にどれだけ効果があるのかは未知数だが、試さない手はない。ハイジャック犯も人の子だ。家族の訴えに耳を傾けない人間はいないだろう。いや、いないと思いたい。

「運転手さん」

「はい」

「実は大勢の人命がかかっているんです。交通違反で捕まらない程度に急いでください」

バックミラーの中で運転手の顔つきが引き締まる。

「承知しました」

タクシーは見る間に速度を上げていった。

伊庭はひどく切羽詰まっていた。口ぶりから焦燥しているのが分かる。いや責任者の口ぶりから類推するまでもなく、今もなおJL6000便の乗客乗員の安全は危機に晒《さら》されている。事態収拾に向かう者たちが急ぐのは当たり前なのだ。

タクシーは器用に前方のクルマを次々に追い越し、目的地へと突き進む。

習志野市香澄にある市営住宅が諸見里の住処《すみか》だった。当該の部屋を訪ねてみると〈諸見里〉

という表札だけが掛かっていた。

「茂の父で秀雄《ひでお》といいます」

出迎えた秀雄は意気消沈して見る影もない。

「この度は息子がとんでもない事件を起こしちまって本当に申し訳ないです」

秀雄は米つきバッタのように低頭するばかりで、なかなか話が前に進まない。

「整備工場をクビになってからというもの部屋に閉じ籠ってしまい、私や兄とも碌《ろく》に話さなくなりまして」

部屋の間取りは2LDK、奥の部屋が茂の個室だと言う。警察がやってきて、部屋にあった私物はほとんど押収された後だった。

「警察は事件の進捗状況について何か言ってましたか」

「いいえ。ただ、お宅の息子さんが旅客機をハイジャックしたと一方的に告げられただけで詳しいことは何も」

諸見里の要求はアイドルグループの復活コンサートだった。警察はその信憑性《しんぴょう》を確認するために家宅捜索に踏み切ったのだろう。

「正直、俺も親父も最近は茂の部屋に入ったこともないので、あいつが推しているアイドルが誰かなんて全然知らないんです」

父親の隣で神妙な態度だった兄の良樹《よしき》は、言い訳がましく話す。茂と年は近いようだが、碌に会話がなければ弟の趣味嗜好《しこう》など知る由もないのだろう。相手が引き籠りになってしまえば尚更《なおさら》だ。

「旅客機のお客さんと成田空港さんには本っ当に迷惑をおかけします。弟に成り代わってお詫《わ》び申し上げます」

良樹も父親と同じく下げた頭をなかなか戻さない。倉間も事件で迷惑を被っている一人には違いないが、こうも低姿勢でこられると逆に恐縮してしまう。事の成り行き次第ではハイジャック犯の家族として二人が世間からの非難に晒される可能性も充分にある。

「アレは決して度胸のある男じゃないです」

父親は切々と訴える。

「暴力沙汰《ざた》を起こしたこともなけりゃ、良樹と兄弟喧嘩《げんか》さえしたこともありません。きっと引き籠っている間、妙な考えに取り憑《つ》かれたんだと思います」

「よくお父様やお兄様の言いつけに従う方なんですか」

「それはもう」

秀雄は顔を上げて何度も頷いてみせる。

「アレは親に盾突くような子じゃないです」

「だったらお願いがあります」

倉間は姿勢を正した。

「わたしと一緒に成田空港に来てほしいんです。息子さんのスマホの番号はご存じですか」

「そりゃまあ」

「投降するよう、茂さんを説得してください」

秀雄は束の間躊躇《ちゅうちょ》する素振りを見せる。無理もないと思う。いくら自分の息子がしでかしたこととは言え、事件現場に足を踏み入れるのだ。腰が引けるのも当然だ。

背中を押したのは良樹だった。

「親父。これだけ色んな人に迷惑がかかっているんだ。今、俺たちができることをしなかったら世間様に顔向けできなくなる」

「そう、だな」

秀雄は渋々といった体で頷く。

「倉間さん、俺も行かせてください。親父だけより二人がかりで説得した方が、絶対に効果がありますから」

断る理由は何もないので、倉間はその場で承諾した。

＊

ＪＬ６０００便は依然、太平洋上にある。事態が進展しない中、伊庭はずっと機体の状況をモニタリングするしかなかった。幸い積載された燃料は充分に残っており、今のところ緊急着陸させる必要はない。だが、何より乗客乗員の安否が気にかかる。

倉間はまだか。

現状、家族からの説得工作が唯一希望の持てる打開策だ。伊庭たちが頭越しに計画を進めたと知れば仁志村は激怒するかもしれないが、それで乗客乗員を無事に戻すことができれば結果オーライ、伊庭たち空港職員は最低限の職責を果たせる。

「お待たせしました、伊庭主幹」

倉間が中央運用室に飛び込んできた。後ろについてきた男性二人は茂の父親秀雄と兄の良樹だという。

「担当管制官の伊庭です。わざわざご足労いただき……」

皆まで言わせてもらえなかった。途中で秀雄が口を挟んできたからだ。

「ウチのバカ息子が大変なことをしでかしまして。親としてお詫びに来るのは当然です。本当に申し訳ございません」

「申し訳ございません」

兄の良樹も一緒になって頭を下げる。二人とも見ているのが気の毒になるほどの神妙さだった。

「お呼び立てした理由はお聞きになっていらっしゃいますよね」

「はい、ここに」

秀雄は懐からスマートフォンを取り出した。

「早速、茂と話していいですか」

「よろしくお願いします」

今までの経緯と交渉の想定問答を打ち合わせ、いよいよ説得開始の時となった。

不意に中央運用室の中が静まり返る。スマートフォンの呼び出し音がやけに大きく響き渡る。

三回目のコールで相手が出た。

『何だ。誰かと思ったら親父かよ』

「茂、今どこだ」

『ニュースになってないのかよ。太平洋上をぐるぐる回っている』

「旅客機を乗っ取ったんだってな」

『無茶な要望だからな。叶《かな》えるためには無茶するしかなかった』

「〈ザ・フェアリーズ〉とかいうアイドルグループを再結成させようって言うんだろ。今、空港関係者の方が一生懸命、芸能プロダクションと交渉してくださっている」

『その返事を待っているんだよ』

「ただ時間が掛かる。待っている間、燃料が切れたらどうするつもりだ」

『一番近くの空港に緊急着陸するさ』

「お前が乗っ取ったのは787という大型の旅客機だ」

『自分の狙った飛行機くらい知っているさ』

「そんなに大きな旅客機を受け容れられる空港は多くない。そこまで、ちゃんと調べたのか」

『それは』

相手方の返事が途切れた。心理的に動揺しているのは誰の耳にも明らかだった。

「親父、俺に貸せ」

横から良樹が端末を奪い取る。

「茂、俺だ。兄ちゃんだ」

『兄貴まで来たのかよ』

「お前が心配だからだ」

『どうだか』

「燃料切れになった挙句、緊急着陸させてくれる空港が見つからなかったらどうなると思う。旅客機もろとも、お前だって海の藻屑になるんだぞ」

『そんなことにはならんだろ』

「その可能性を全然考えてなかったんだろ。お前は昔っからそうだ。充分考えずに行動に移すから、不測の事態が生じるとテンパって取り返しのつかない失敗をする。今がちょうどその状況だと思わないか」

返事なし。咄嗟に反応しないのは吉兆と思いたかった。

「俺からの提案を聞くか」

『言ってみろよ』

「最悪、燃料切れで墜落するような事態は避けたい。いいか、お前に死んでほしくないんだ」

『ふん』

「いったん飛行機を成田空港に戻せ。乗客乗員を人質にしているのは変わりないんだろ。だったらお前の優位も変わりない。墜落の危険を回避するだけでも、お前の評価は上がる」

『俺の評価が上がって、何か得することでもあるのかよ』

「馬鹿だな。交渉相手の評価が上がれば要求が通りやすくなるに決まってるだろ」

再び沈黙が落ちる。だが希望を孕《はら》んだ沈黙だ。

『分かった』

諸見里の声はいくぶん擦れていた。

『今から機長に命令して成田に引き返す。その代わり、絶対に〈ザ・フェアリーズ〉を再結成させろよ』

「待ってるからな」

電話が切れた時、期せずして多くの者が一斉に溜息《ためいき》を吐いた。

「お二人とも、お疲れ様でした」

伊庭は二人に駆け寄る。まだ事件は解決していないが、交渉自体は成功と言っていい。JL6000便の墜落を防いだだけでも殊勲賞ものだ。

「あのう、管制官さん」

秀雄はおずおずと切り出した。

「これで、戻ってきた飛行機に警察が強行突入なんてことにはならんでしょうね」

伊庭は返事に窮する。自分としては交渉を平和裏に終えたい気持ちだが、迎える警察側は犯人逮捕に執着している。墜落の危険性が去った上で事態が膠着《こうちゃく》状態になれば、強行突入も大いにあり得る。

だが、この場で口に出す訳にはいかない。

「お兄さんの言う通り、墜落を免れても乗客乗員を人質に取られている状況に変わりありません。警察も慎重にならざるを得ないと思いますよ」

「それならいいんですが」

JL6000便をモニタリングしていた倉間が声を上げた。

「JL6000便、旋回を止めて機首を成田に向けました」

「残燃料は」

「充分です」

とにかく一つ目の山は越えた。伊庭は肩の力が少し抜けたように感じた。

おっと、忘れていた。対策副本部長に報告しなくてはならない。

『はい、仁志村です』

「伊庭です。実は今しがたハイジャック犯と話ができました」

内心、苦手意識を感じていた仁志村を出し抜いてやった優越感がある。要するに威圧された恨みの反動のようなものだ。

伊庭の報告を聞き終えた仁志村はひどく陰鬱《いんうつ》な声を返してきた。

『よくやってくれましたね』

「礼には及びませんよ。仕事ですから」

『礼を言っているんじゃありません』

「何ですって」

『あなたがそんなに浅慮だとは思わなかった』

「仁志村署長に相談せず事後報告になってしまったのは申し訳なく思っていますが、人命第一を考えれば躊躇している暇はありませんでした」

『そんなことを言ってるんじゃない』

荒っぽい言葉を捨て台詞《ぜりふ》に、一方的に電話が切れた。

やれやれ面子《メンツ》を潰《つぶ》されて気分を害したか。案外底の浅い人間だったな。

仁志村に対する畏怖《いふ》が軽蔑に変わった時、いきなり背後から叫び声がした。

倉間の声だ。

声のした方向を振り向いた伊庭は、そこで信じられない光景を目にした。

良樹が後ろから倉間を羽交い締めにし、喉元《のどもと》にナイフを当てている。その横では秀雄が何と銃らしきものを握り、こちらに向けている。

「お疲れ様はこちらの言葉です」

それまでおどおどしていたのが嘘のような態度だった。

「この銃、見かけは不恰好だが、ちゃんと殺傷能力がある。あんたたちは新しい人質だ。当分の間、静かにしていてもらおう」

「まさか、あなたたちは」

「すまんな、管制官。こんな狂言でも仕組まなかったら、中央運用室に侵入できなかったものでね」

秀雄は悠然と笑った。

最終話　テロリズム

1

「管制官の皆さんは、とっとと出ていってもらおうか」

中央運用室を制圧した秀雄は凶器をちらつかせながら伊庭たちに命じる。

「狂言と言ったな。最初からこれがＪＬ６０００便をハイジャックしたのか」

「あんたに教える義理はない」

「いったい何が目的なんだ」

「あんたたちを追い出した後で伝えてやるよ。さあ、両手を上げたまま出ていけ」

中央運用室を明け渡すことは飛行場の主導権を明け渡すのと同じだ。

「せめてわたしだけは残してくれないか」

「あんたは駄目だ」

にべもなかった。

「残すのは彼女一人だけだ」

顎《あご》で指した方向に、良樹に羽交い締めにされた倉間がいた。

「離着陸する機に指示を与えないと大混乱になる」

「まさか離着陸のコントロールが全て手作業という訳じゃあるまい。管制官が一人いれば充分だろう」

「彼女よりわたしの方が役に立つぞ」

「管制官としてはそうかもな。だが、人質が女だということに意味がある」

「それならわたしも加えろ。人質は多い方がいいだろう」

「こっちは二人しかいない。人質一人で手一杯だ」

「しかし」

「あまり面倒をかけさせるな」

秀雄は再び倉間を顎で指す。

「機内で諸見里茂がデモンストレーションを見せたはずだ。あのナイフは見かけよりはずっと鋭い。女の喉元《のどもと》を裂くなんてバターを切るより簡単だぞ」

では、それもスチールやセラミックと同等の強度を持った木製ナイフだというのか。

「ついでに言っておく。この銃は3Dプリンターで造ったから見た目はオモチャのようだが、至近距離なら人体を貫通させるだけの殺傷能力はある。何なら、この場で実演してやろうか」

秀雄は銃口を別の管制官に向ける。

「もう一度言う。人質は一人で充分なんだ」

「分かった。分かったから銃を向けるな」

伊庭はちらと倉間を見る。ここにいる職員全員を危険に晒《さら》すのか、それとも彼女一人を人質として捧《ささ》げるのか。前者は中央運用室の責任者として相応《ふさわ》しくない。後者は人として相応しくない。

倉間を見る。彼女の顔色でどちらかを選択しようと思った。

愕然《がくぜん》とした。

当然、倉間は全身を硬直させたようにして怯《おび》えていた。

しかし目だけは怯えていなかった。伊庭を真っ直ぐ見据えて揺るぎない。少なくとも覚悟を決めた目だった。

その瞬間、伊庭は人であることよりも責任者である方を選んだ。

「みんな、ここはひとまず従おう」

伊庭の声を合図に、倉間を除く管制官たちが出口に急ぐ。

一度だけ振り返って倉間を見る。

許してくれ。

絶対に助けてやるから。

伊庭たちを中央運用室から追い出すと、秀雄は全員に向けて言い放った。

「やっぱり実演してやろう。ただし人体以外で」

言うが早いか、秀雄はドアの横に設置されていたカードリーダーに銃口を当てた。

鈍い音とともにカードリーダーが四散した。

「な。充分な殺傷能力だろ」

オートロックのドアで端末を破壊された。鍵穴《かぎあな》のないタイプなので、内側から施錠されたらドアを破るのは不可能になる。

「何も抵抗できず悔しいか」

部屋の中に身体を滑り込ませてから、秀雄はせせら笑った。

「その気持ち、今度はあんたたちが味わう番だ」

ドアが閉められ、内側からロックされる音が聞こえた。伊庭は管制官たちを低層階まで下ろしてタワーから離れるように命じる。

早く空港事務所と対策本部に報告しなければ。伊庭は震える手でスマートフォンを取り出したが、こちらに向かってくる足音に気づいて面を上げた。

「本当に、よくやってくれました」

陰険な顔つきをした仁志村だった。

いざ本人を目の前にすると、己の失態を報告するのに躊躇《ちゅうちょ》した。だが対策副本部長には一切を報告しなければならない。

「仁志村署長、中央運用室が占拠されました」

「でしょうね。そうでなければランプセントラルタワーから管制官が一斉に退避するはずもない」

「二人とも武器を所持しており、倉間主任を人質に取りました」

「占拠された上に人質ですか」

仁志村は更に陰険な顔になる。淡々とした口調が却《かえ》って胸に刺さる。

「武器の種類は」

「木製ナイフと3Dプリンターで出力した拳銃《けんじゅう》です」

「二つとも金属探知機には感知できない代物ですね。ハイジャックは陽動作戦で、中央運用室占拠が本来の目的だった可能性がある」

「わたしの判断ミスです。この上はどう非難されても」

「あなたを責めたところで事態が好転する訳じゃない」

取り付く島もなかった。

「とにかく一部始終を報告してください」

仁志村は伊庭を伴って第2ターミナル一階の詰所に入った。詰所は制服警官の出入りが激しく、部屋のドアを閉めても騒々しさが伝わってくる。

「いやに警官の数が多いですね」

「ハイジャックに中央運用室の占拠。各詰所には最低限の人員だけ残して、全員タワーの周辺に配備しています。賑《にぎ》やかなのは当然でしょう。しかも、これからもっと賑やかになる」

「二人を中央運用室に入れたことをご報告した際、仁志村署長はお怒りの様子でしたね。あの時から諸見里茂の家族が怪しいと踏んでいたのですか」

「諸見里茂の部屋は〈ザ・フェアリーズ〉のファンであることを装うために、大急ぎでポスターやグッズ類が揃えられていた。それで犯人が複数だと確信したんですよ。諸見里茂の単独犯であった場合、ハイジャックの動機を誤魔化す必要なんてありませんからね。ついでに言えば、中央運用室を占拠した二人は諸見里茂の家族じゃない」

さすがに驚いた。

「しかし、彼が実家で兄と父親との三人暮らしと教えてくれたのは仁志村署長だったじゃありませんか」

「ハイジャック発覚直後、捜査員がパスポート情報の住所に乗り込んだ際の情報です。諸見里茂の部屋を家宅捜索した結果、納得がいかなかったので訊《き》き込みをしたら、その時居合わせた秀雄と良樹は本物と似ても似つかない」

「どういうことですか」

「短期間だけ家を空けているのでしょう。どこか離れた場所に軟禁されているか、それとも旅行に行かされているのか」

「まさか殺されてはいないでしょうね」

「一時的に諸見里茂の家族と思わせればいいのですから、殺人なんてリスキーな仕事はせんでしょう」

「どうして早く教えてくれなかったんですか」

するとと仁志村はじろりとこちらを睨《にら》んだ。

「二人の素性が怪しいとなった時、あなたから事後報告があった」

最初の情報に依拠していた自分が拙速に走ったがための失敗だったという訳だ。伊庭は消沈するしかない。

「人質になっているのは一人だけなんですね」

「倉間主任一人です」

「入口は一カ所だけですか」

「ええ。しかしカードリーダーを破壊されたので、もう内側からしか開けられません」

「タワー全体の電源をいったん切ってしまえば電子ロックも解除できるんじゃないですか」

「無理です。旧管制塔ならともかく、中央運用室は瞬間停電が起きないシステムになっており、停電しても七十二時間稼働できる自家発電機が設置されています」

「災害発生時を想定したシステムですか。危急の際の予防策が、今は逆に作用している。皮肉なものですな」

中央運用室を占拠されるまでの経緯を説明されると、仁志村は表情を緩めることなく腰を上げた。

「ついてきてください」

「どちらに」

「決まっているでしょう。空港事務所の対策本部で今と同じ説明を執行役員たちにしてもらうんですよ」

また、あの針の筵《むしろ》に座らされるのか。

げんなりとしかけたが、全ては自分の浅慮が招いた結果なので逃げることは許されない。伊庭は引き立てられる罪人のような気分で仁志村の後についていった。

対策本部に着いて驚いたのは人間の数が増えていることだった。取締役社長の隣には制服姿の小男が座っている。仁志村によれば千葉県警察本部長の周防《すおう》という男らしい。ハイジャックに加えて中央運用室占拠事件が加わり、いよいよ県警本部が腰を上げたのだろう。

「県警本部長が来たとなれば対策本部の本部長か副本部長になるんじゃないですか」

「おそらく、その目はないでしょうね」

どこか白けた口調は、仁志村がそのまま副本部長を務め続けるであろうことを示唆している。

少し考えて合点がいった。これだけ事件が拡大すれば当然空港警察だけでは解決が困難になり、県警本部や警察庁が捜査に加わってくる。仁志村の指揮権が後退するのは目に見えている。だが指揮権を奪っても責任の所在だけは継続しておく。万が一、ハイジャックや中央運用室占拠事件で犠牲者が出た場合の腹きり要員を確保するためだ。

「選《よ》りにも選って中央運用室を占拠されるとは」

早速、周防が非難を口にする。名指しこそしないものの、矛先が伊庭に向けられているのは明白だ。

「まさか四十年も前の占拠事件を再現されるとは。聞けば対策本部の承諾なく、不審者の入室を許したそうじゃないですか。いったい成田空港のリスク管理はどうなっているんですか」

暗に空港の最高責任者である取締役社長を非難して、遠回しに伊庭を責め立てている。初対面ながら周防という男を苦手に思った。同じ苦手でも仁志村に対してのそれとは違う種類のものだが、上手《うま》く言語化できない。

「凶器を持ち込まれ、あまつさえ人質を取られてしまった。現在も離着陸できない機が待機中というではありませんか」

「待機中の着陸予定機については羽田他の空港に振り分けを要請しています」

責任上、ここは伊庭が説明しなければならない。

「ただしハイジャックされたＪＬ６０００便はその限りではありません。また各空港のキャパの問題で、全ての大型機を受け容《い》れてもらうことは困難です」

「最悪、どうなりますか」

「周辺国の空港で受け容れができない場合はＡＴＢ（エアーターンバック）、つまり出発地に引き返してもらうことになります」

すると今まで渋面でいた取締役社長が初めて口を開いた。

「そんなことになれば成田空港は世界中から信用を失う」

彼が抱いている危機感は手を取るように分かる。現在日本でハブ空港として機能しているのは羽田と成田だが、各国が成田をリスクのある空港だと判断すれば利用を危ぶみ、乗り入れを休止させかねない。

成田空港は今後も拡張を計画している。拡張なくしては世界の主要市場とのアクセスが見込めなくなる。空港事務所としては世界からの信用を失う訳にはいかないのだ。

「周防本部長、何とか犠牲者を出さず、速やかに事件を解決したい」

「しかし社長、事態は最悪になりつつあります。成田に向かっているＪＬ６０００便は依然犯人にハイジャックされたままで、コントロールの要《かなめ》となる中央運用室も乗っ取られた。言わば手足と五感をそっくり捥《も》ぎ取られたようなものだ」

周防はこちらの不手際を突くのに専念して、事態の解決に向けての発言をまるでしない。いったい何のために同席しているのか訳が分からない。

「おまけに犯人グループの意図すら分かっていない」

「犯人の意図なら、もうすぐ知れますよ」

仁志村が告げた次の瞬間、合わせたようなタイミングで伊庭の無線機から呼び出し音が鳴った。

「伊庭さん。無線機を出してスピーカーモードにしてください」

ひと言で仁志村の考えを理解した。

「人質となった主任管制官がこれと同じものを携帯しています。要求を伝えてくるなら、この無線機を介してだろうと踏んでいました」

仁志村は当然のように無線機の通話ボタンを押した。

「もしもし」

『こちら、中央運用室を占拠した者だ。仁志村という警察署長はいるか』

秀雄を名乗る男の声だった。

「わたしだ」

『茂と話したみたいだな。この際、窓口は一本化した方がいい。あんたを交渉窓口にする。警察署長が窓口になってくれれば話も早い』

「窓口にするなら、まずそちらが名乗るのが礼儀じゃないのか」

『俺たちが茂の本当の家族でないのは知っているようだな。ふん、名乗らなくても交渉はできるだろ。どうせ調べりゃ、すぐに身元は割れる』

「要求は」

『成田空港の完全放棄。しかる後、代執行によって収用した全ての土地を元の地権者に戻せ』

要求を聞いた役員たちの間に動揺が広がり、思わずといった調子で声が出る。

「無茶だ、今更」

「更地に戻せと言うのか」

『外野が騒がしいな』

「気にするな」

『期限は十二時間。明朝六時までに真垣《まがき》総理が記者会見で成田空港の完全放棄を発表し、警察を含めて全職員が空港から退避し、ランプセントラルタワー以外の全設備の電源を落とす。要求を拒否した場合には、乗客乗員もろともJL6000便をランプセントラルタワーに突っ込ませる』

居並ぶ役員たちと周防の顔色が変わる。現在時刻は午後五時五十八分。今から十二時間以内ならJL6000便は余裕で成田空港に戻ってこられる。タイムリミットまで空港上空に待機させておけば、秀雄の命令一つで機体をタワーに激突させられるという算段なのだろう。

「機体をタワーに衝突させれば、乗客乗員はもちろん、諸見里茂やお前たちも無事では済まないぞ」

『我が身が可愛くて、こんな真似ができるか』

それきり無線は切れた。

会議室に重い沈黙が下りる。要求に応じることは果てしなく不可能に近く、交渉決裂の際には航空史上最悪の惨事が企てられている。居並ぶ役員連中が押し黙るのも無理はなかった。

今にして思えば、諸見里茂が説得に応じ、ATBをすんなり承諾したのもこの目的あってこ

ではないか。

そだったと納得できる。深読みもせず、中央運用室で小躍りしていた自分たちはまるでピエロ

「仁志村署長」

周防が低い声で尋ねてきた。

「犯人はどこまで本気だと思う」

「まだ素性も思想背景も明らかではないので軽々な判断はできませんが、代執行した土地を地権者に返せという要求は否《いや》でも応でも三里塚闘争を連想させます。今回の実行犯たちが彼らの流れを汲《く》むか、もしくはシンパシーを抱いていた場合、本気で自爆テロを目論《もくろ》んでいる可能性も捨てきれませんね」

代執行と聞いて眉《まゆ》を顰《ひそ》めた者が数名いた。役員たちの年齢ならリアルタイムで件《くだん》の事件をニュースで見た者もいるだろう。

成田空港は開港以前から様々な問題を抱えていたが、その一つが代執行だ。当時空港公団は空港建設予定地の約九割を取得して一期工事を進めようと計画していた。だが未買収地が依然として残され、その中には空港に不可欠な滑走路予定地も含まれていた。空港公団は予定地の残り一割の買収交渉を続けたものの、地権者たちは首を縦に振らず事態は一向に進展しなかった。

遅々として進まない買収計画に業を煮やした政府は一九六九年十二月に新空港建設に対して事業認定を下す。事業認定により新空港の建設は公共事業と見做《みな》され、地権者の意思に関係なく予定地を収用できるようになったのだ。

かくして一九七一年、未買収地において行政代執行が実施された。当然、空港建設反対派は猛反発するが空港公団側の作業員と機動隊によって排除される。反対派の地元住民と支援に駆けつけた新左翼活動家たちがこれに激しく抵抗したことで双方に多くの負傷者が出た。しかし代執行は継続され、遂《つい》には三人の警察官が集団暴行によって殉職するという悲劇まで生んでしまう。世に言う三里塚闘争が激化していく契機であり、やがて管制塔占拠事件へと繫《つな》がることとなる。

「まさか令和の世の中になって代執行の幽霊に脅かされるとは」

老いた役員の一人がぼそりと呟《つぶや》く。皆が黙りこんでいるのは同じ思いがあるからだろう。

『従って成田は稀《まれ》に見る呪われた空港と言っても過言ではない』

かつての教官の言葉が否応なく脳裏に甦《よみがえ》る。

「犯人グループが成田の開港に反対している一派だとすれば特定はそれほど困難ではないだろう。反対派に名を連ねる者も今や少数になっているはずだ」

周防の問い掛けに仁志村はいささかも動じる気配がない。

「実行犯たちが反対派の流れを汲むか、もしくはシンパシーを抱いていた場合とは言いましたが、素性が判明していない以上軽々に推測するのは却って危険です」

「素性が知れない限り動けないと言うんじゃあるまいな」

「本部長。こんな時こそ公安の情報を使うべきですよ」

仁志村は涼しい顔で切り込んでいく。

「普段、刑事部と公安は情報の共有化が活発ではありませんが、今回はそんなことを言っている場合じゃないでしょう。わたしは対策副本部長として県警本部公安課の情報開示を要請します」

横で聞いていた伊庭は呆気《あっけ》に取られる。腹きり要員と思われる肩書を逆手に取り、何と県警本部長に談判するというのだ。これには周防も面食らった様子で、まじまじと仁志村の顔を見つめている。

早速、取締役社長が聞き咎《とが》めた。

「周防本部長、県警本部の公安課なら犯人の目星がついているんじゃないですか。公安という部署は過激派の監視と情報収集が専門と聞いていています」

「それは、その通りですが」

「わたしたちに県警本部内の思惑は分かりませんが、現状JL6000便の乗客乗員の安全と成田空港の存続より重要なものはないと思います。もしそちらの公安課が犯人について何らかの情報をお持ちなら、直ちに教えていただきたい。これは対策本部長からの要請です」

対策本部長と副本部長の両名から迫られるかたちとなり、周防は当惑している様子だ。だが多くの人命と空港の存続のためと言われれば承諾するより他にない。

「分かりました。県警本部に持ち帰り、直ちに公安課からの情報をこちらで共有します」

「それでは遅すぎます」

たちまち仁志村が苦言を呈する。

「空港から県警本部までクルマで往復二時間。タイムリミットまで残り十二時間を切っている中、二時間も無駄にできません。恐れ入りますが公安を束ねる警備部長をここにお呼びいただけませんか」

一瞬、周防は何か言いかけたが、場の雰囲気は仁志村が支配している。とても逆らえる状況ではなかった。

「どのみち本部の機動隊に出動を要請することになります。善は急げですよ」

「分かった。なるべく急がせよう」

周防は懐からスマートフォンを取り出した。


おそらくサイレンを鳴らして飛ばしてきたのだろう。周防が連絡してから三十分ほどで警備部長が駆けつけてきた。

「県警本部警備部の志度《しど》と申します」

志度というのはおよそ表情の変化に乏しい男で、対策本部の面々を前にしても眉一つ動かさなかった。

「成田空港開港に反対していたのは新左翼系の諸派で、有名なところでは第四インター日本支部と中核派、それと二〇〇八年空港敷地内に迫撃弾を撃ち込んだ革労協が記憶に新しいでしょう。ただし各派とも高齢化が進み、地権者たちも左翼活動家たちが成田の問題を各々の勢力拡大に利用しているのに感づいて離れていいます。従って新左翼系諸派は成田空港に関してはさほど関与していないというのが、実情であります」

志度は持参したカバンからファイルを取り出す。引き抜いた二枚には秀雄と良樹の顔写真が印刷されていた。

「この二名はもちろん諸見里茂の家族ではありません。年嵩《としかさ》の方は柘植由高《つげよしたか》、若い方は肥田三峰《ひだみつみね》。ともに所属する組織のないはぐれ者たちです。二人に接触した空港職員には既に顔写真で確認済みです」

取締役社長が意外そうな声を上げた。

「つまり、単に二人組のテロリストという訳ですか。それにしては計画の内容や所有する武器がプロめいているように思えるのですが」

「全くの素人ということではなく、ごく浅くですが左翼系活動家と接触があります。接触の事実があったから公安の監視対象リストに挙がったのですけどね。テロの手順や武器に関しては彼らから知識を得たものと思われます。３Ｄプリンターも木製ナイフも目の玉が飛び出るような代物ではありません。少し背伸びすれば誰でも購入できます」

「しかし方法を知り、武器が入手できるからと言って誰もがテロリストになる訳じゃないでしょう。柘植と肥田が今回の行動に走った背景は何なのですか」

「本人たちを尋問しなければ真意は分かりませんが、推測する材料ならあります。先に申し上げた左翼系活動家の中に地権者の長男を名乗る者がいて、この人物は空港建設阻止から国家転覆にまで思想を尖鋭《せんえい》化させた異端児でした。あまりに過激な思想であったために会派を脱退せざるをえなかったのですがね。柘植と肥田は彼に心酔したようで、しばらく組織を離れた彼と行動をともにしていました。はぐれ者と呼称したのは、そういう理由からです」

「二人はその異端児に、すっかり感化されてしまったということですか」

「活動家にはよくある話です。きっと自分の頭で考えるのが苦手なのでしょう」

公安らしい毒舌だったが笑う者は一人もいなかった。

「諸見里茂と二人の接点は何なのですか」

「諸見里茂の祖父は自分名義の土地を空港公団に収用されているのですよ。元の土地を収用されて、一家は習志野市に移り住みました」

「つまり諸見里は成田空港に恨みを抱いていても不思議ではないということですか。父親や兄は反対派に属しているんですか」

「諸見里一家が反対運動に身を投じた記録は何もありません。だからこそノーマークだったんです」

「公安がノーマークでも、左翼と密《ひそ》かにコンタクトを取っていた可能性もある」

「既に本物の諸見里秀雄と良樹の身柄は押さえています」

志度の言葉に仁志村までが微《かす》かな反応を示す。

「茂から草津《くさつ》温泉二泊三日の宿泊券をプレゼントされ、浮かれ気分で宿に逗留《とうりゅう》していました。JL6000便出発の前日ですから、当然柘植たちの計略にまんまと乗せられたものと思われます。事実、ウチの捜査員が本人たちに尋問したのですが左翼系活動家についてもハイジャックについても寝耳に水のようでした」

報告すべきことはこれで済んだとばかり、志度は口を閉ざした。

取締役社長は縋《すが》るような視線で全員を見る。

「先ほど官邸に事の次第を報告しました。総理からはJL6000便の人命を優先してほしいとのお言葉をいただいております」

執行役員の間に苦悩と困惑が広がる。人命優先は当然としても成田空港への言及がなかったことに不安を感じたのだろう。

「総理は成田空港の完全放棄も収用した土地の返還も断固拒否するとのご意向でした。その上で、鹿内《しかない》国家公安委員会委員長は中央運用室の奪還とハイジャック事件の早期解決のため、警察の威信を賭《か》けて取り組むと明言しました」

今度は周防の顔がわずかに歪《ゆが》む。今は千葉県警が対応しているが、時間経過に従って警察庁が主導権を握ることが決定したのだ。言い換えれば、千葉県警の面子《メンツ》はあと数時間しか保証されない。

総理と国家公安委員長の立場からすればテロリストの要求は断固として拒否するしかない。だが事態にあたるのはあくまでも現場の人間だ。

対策本部の席上は重い沈黙に包まれた。

2

それぞれに対処すべき仕事があり、取締役社長をはじめとする執行役員たちは三々五々散っていく。周防もそそくさと席を立ち、残っているのは伊庭と仁志村、そして志度の三人だけとなった。

無論、偶然ではない。仁志村も志度も他の出席者が全員退出するまで、示し合わせたように待っていたのだ。

思わず腰を浮かしかけると、隣の仁志村に制された。

「伊庭さんもここにいてください。警備部長はあなたにも話を聞いてほしいようです」

「伊庭さんは主幹管制官でしたね。内部の様子を教えてください」

伊庭は乞《こ》われるまま中央運用室の配置について説明する。従来の中央運用室は五角形だったが、新タワーでは四角形に改めて使い勝手を向上させたこと。瞬間停電が起きないシステムや停電しても七十二時間稼働できる自家発電機が設置されていること。そして空調は水滴などが機器に落ちて業務に支障がないよう、床から吹き出す構造になっていること。

説明を聞き終えた志度は聞こえよがしに舌打ちをする。

「四方がガラス張りとは言え、人質を取られていては迂闊《うかつ》に手が出せない。電源を断つこともできないから電子ロックも破れない。ドアの強度はどれくらいですか」

「拳銃くらいじゃびくともしません。過去の占拠事件を教訓に特別堅牢《けんろう》にできていますから」

「難攻不落の要塞《ようさい》か。念のために再度お訊きします。人質になっているのは女性管制官一人だけなんですね」

嫌な予感に襲われながら、伊庭は頷《うなず》く。

「短期決戦だから兵糧攻めも意味がない。持久戦に持ち込もうにもJL6000便が到着すれば、こちらに為《すべ》す術《すべ》はない。一見大雑把だがよく練られた計画だ。こちらが穴を探すまでにタイムリミットが到来する仕組みになっている」

志度はようやく苛立《いらだ》ちを見せた。

「首相官邸は人命優先を言わざるを得ない。だが公安委員長は事件の早期解決を目指すと仰《おっしゃ》る。

県警本部長もその意向に沿って指示命令を出すでしょう」

志度の物言いを聞いていると絶望が迫ってくるような感覚に襲われる。この状況で県警の警備部が何を言い出すかは、自分でも薄々想像がついている。だが実際に口にされるのが怖くて仕方ないのだ。

「あなたも現場の責任者なら現実的な解決方法から目を背けてもいられないでしょうから、はっきりと申し上げます。この状況下では中央運用室への強行突入も視野に入れておいてください」

やはりそうなるのか。

「無論、人質の安全を無視するものではありませんが、JL6000便のコントロールを考えれば、中央運用室の奪還が最優先事項になる。立てこもり犯二名を強制的に排除する過程で、人質が巻き添えをくう可能性は捨てきれません」

婉曲《えんきょく》な言い方をしているが、中央運用室を奪還するためには人質の生命と安全は二の次になると宣告しているのと同じだ。

「事件の早期解決のため、ご協力とご理解をお願いします」

志度はそう言うと、挨拶《あいさつ》もなく席を立った。

仁志村は彼の姿を追おうともしない。伊庭は堪《たま》らなく不安になる。

「仁志村署長、今の警備部長の言葉はどこまで本気なんですか」

「どこまでも何も、最初からその気ですよ」

仁志村の口調も淡々として、およそ焦燥の響きがない。

「中央運用室占拠の一報を受けた時点で強行突入の可能性を探っていたでしょうね。四十数年前の管制塔占拠事件は千葉県警警備部と成田空港のトラウマですよ。早期解決には強行突入が一番手っ取り早い。取られている人質が一人だけであるのを確認したのは、犠牲が最小限で済むからですよ」

感情の起伏のない喋《しゃべ》り方が却ってこちらの絶望を煽《あお》る。

「首相官邸も同様です。建前としては人命第一を謳《うた》っていますが、少し冷静に考えれば犠牲者ゼロで済む確率は極めて少ない。そしてどうせ犠牲が出るのであれば中央運用室よりJL6000便を優先した方がいいに決まっている。無論この場合、犯人グループも無事ではすまない」

仁志村に言われるまでもない。伊庭も心の底では理解しているのだ。

JL6000便の乗客乗員が助かるのなら、管制官一人の犠牲で済めば御の字だ。関係者なら誰もがそう考えている。本音を言うのが憚《はばか》られるから口を噤《つぐ》んでいるだけだ。

「何とかなりませんか」

反射的に言葉が洩《も》れた。

「倉間主任は人質にされても文句一つ言わなかった。悪足掻《あが》きもしなかった。彼女を死なせたくありません」

「彼女を死なせたくないのは、皆同じですよ。その上で足し算や引き算をしている」

「強行突入以外に方法はないんですか」

「それを考えるのがわたしとあなたの仕事ですよ」

仁志村はスマートフォンを取り出してみせる。

「ＪＬ６０００便の諸見里茂とはこいつで連絡が取れる。中央運用室を占拠している柘植たちとは伊庭さんの無線で連絡が取れる。どちらのパイプも存続しているから交渉が断絶した訳じゃない」

「交渉を粘り強く続けますか」

「交渉も、です。警備部は警備部で強行突入の準備をしていますしね。第２ターミナルには千葉県警の機動隊が続々と集結しています。彼らも戦闘が長引くことで警察庁の介入を許したくない」

「この期に及んで縄張り争いですか」

「千葉県警機動隊にしても管制塔占拠事件はトラウマなのですよ。あの事件では千葉県警のみならず全国から一万四千人の機動隊を動員したにも拘《かかわ》らず、みすみす管制塔を占拠されてしまった。精鋭の名をほしいままにしていた機動隊にしてみれば末代までの恥だ。彼らは二度とあのような事件を起こさせたくないのですよ」

再発させたくないので最初から強硬手段に訴える。馬鹿な。それでは倉間は警察の面子《メンツ》のために犠牲にされるということではないか。

何としても倉間の勇気に報いなければならない。何としても彼女を助けなければ。

その前に確かめておくことがある。

「仁志村署長。あなたの最優先事項は何ですか」

「警察官の優先事項は市民の生命と財産を守ることです。前にも言ったと思いますが」

「建前じゃない。わたしは未《いま》だにあなたの信条が分からないから訊いているんです。本当に職業倫理で動いているのか、それとも上昇志向で動いているのか」

口に出した途端、後悔した。よくも恥ずかしげもなく、こんな質問ができたものだ。仁志村のことだから冷笑されるか無視されるかで終わりではないか。

ところが相手は意外な反応を示した。仁志村は当惑顔のまましばらくこちらを見ていた。言葉を探しているのに見つけられないといった体だった。

やがて仁志村は面倒臭げに嘆息した。

「誰にでも職業倫理はあるし、組織人である限り上昇志向も当然にあるでしょう。タイムリミットが迫っている中で、のんびり話す内容とは思えませんな」

「しかし」

「はっきりしているのは、伊庭さんとわたしは利害が一致しているということです。犠牲を最小限に抑えて中央運用室を奪還し、JL6000便を無事に帰還させる。今はその目的以外はどうでもよろしい」

正論であり反論すべき点は何もない。上手《うま》くはぐらかされた感も否めないが、ここは仁志村に従うべきだろう。

仁志村の言った通り、第2ターミナルに近づくにつれて警察官や機動隊員の姿が目立ってきた。中央運用室が占拠された直後から利用客が一掃されたことも手伝い、物々しい空気がフロアを支配している。

警官隊と機動隊はランプセントラルタワーを取り囲むように集結しているように見える。

「柘植たちを完全に包囲するつもりなんですね。タワーの一階にも警察官たちが入り始めていますけど」

「包囲というのはその通りですが、それだけでは済みませんよ」

第2ターミナルの本館を横切るとランプセントラルタワーの全体が露《あらわ》になってくる。窓の向こうにその姿を捉《とら》えた伊庭は、あっと声を出しそうになった。

狙撃手と思《おぼ》しき数人が窓を背にして立っていた。中央運用室は全面ガラス張りなので、ここからでも中の様子を窺《うかが》うことができる。

「まさか、外から狙撃するつもりですか」

「狙撃と強行突入は大抵ワンセットですよ」

「中央運用室の窓は強風に耐えうる防弾仕様の代物なんですよ」

「警察の武器は拳銃やライフルだけじゃありません。千葉県警では重大テロ事件を鎮圧するためにサブマシンガン、自動小銃、特殊閃光《せんこう》弾、ヘリコプター等を備えています。それらを扱う特殊急襲部隊SAT（スペシャルアサルトチーム）もね」

「下手に攻撃したら人質が巻き添えをくう惧《おそ》れがあるじゃないですか」

「下手に攻撃するつもりはないでしょうし、そもそも人質が一人だけならあまり躊躇《ちゅうちょ》もしませんよ。可能な限り中央運用室の通信機器に損傷が及ばないようには注意するでしょうが」

JL6000便を誘導するために管制機能だけは失いたくないという判断なのだろう。

「タワーの周りを固め、中央運用室の真下から攻め入る。窓の外は四方から狙撃手がライフルを構えている。袋のネズミ、対テロ戦のマニュアル通りですよ」

そのマニュアルでは人命の順位が下にくるのだろう。伊庭は腹が冷える思いだった。

仁志村は狙撃手たちを横目に先を行く。

「仁志村署長、どこに」

「詰所です。ゆっくり計画を練る場所が欲しい」

「交渉の計画ですか」

「それもありますが、疑問を解決しておきたい」

「占拠している二人の素性は割れました。その背景もです。他にまだ疑問点が残っているんですか」

「警備部長が全てを説明したと思っていますか」

仁志村は意味深な言葉を吐く。

「いや、何も警備部長が虚偽を報告したとは言いません。しかし公安二課が情報の全てを部長に報告しているとは限らないし、彼らが全てを知り得ているという確証もない」

「あなたは、いったい何が言いたいんですか」

「まだ納得できない点があるんですよ」

3

空港が閉鎖され退避命令が出てから二時間、咲良たちGSはようやく最終チェックを終えようとしていた。フロアの持ち場に関係者以外の人物を発見次第、直ちに誘導して退去してもらう。事が起きてからでは遅い。一人でも残っていたら重大な責任問題になる。

チェックインカウンター周辺に人影がないのを再三確認すると、向こうから近づいてくる人物を認めた。

「高頭さんじゃありませんか」

「蓮見さんたち、まだ退避していなかったんですね」

「ちょうど最終チェックが終わったところです。でも、どうして捜査一課の高頭さんがこんな時に。テロ対策で県警の警備部が大挙して来られたのは聞いてますけど」

「避難誘導の応援ですよ。警備部はもっぱら滑走路周辺やセントラルタワーの警備警戒に人手を取られていますから」

「お疲れ様です。それにしてもとんでもない事件になっちゃって」

「成田空港開港以来ですよ」

冴子は誘導がてら咲良の横に並んでフロアを駆け抜ける。咲良は不安を抑えきれず、つい口にしてしまう。

「空港、いったいどうなるんでしょうか」

「職員であるあなたには酷な話ですが、最悪の事態を想定した方がいいでしょうね」

「最悪の事態って」

「JL6000便が新管制塔に突入し、空港の管制機能が完膚なきまでに破壊されます。実際に悲劇が起きてみなければ試算のしようもありませんけど数カ月、下手をすれば一年以上も成田空港は運用が停止するでしょうね」

惨事の光景を想像しただけで口の中がからからになる。空港の運用が一年以上停止するのも大事だが、ＪＬ６０００便の乗客乗員の生命が一瞬のうちに消えるというのは航空史上最悪ではないか。

「何だか吐きそうです」

「空港に関わる職員は皆さん、そうでしょうね」

全職員が退避したとして空港から脱出できるのは身体だけだ。自分たちの心は未だ空港に残されたままでいる。乗客乗員が亡くなり、成田空港が運用不能になるまで壊滅すれば、精神を病む職員も出てくるのではないか。

「ただね、蓮見さん。わたしは最悪の事態だけは何とか防げるかもしれないと考えています。楽観的と言われればそれまでですけど」

「希望の持てる要素があるんですか」

「対策本部に仁志村署長が名を連ねていますから」

仁志村が対策副本部長に任命されたのは通達で知らされていた。

「こうした場合、所轄の署長が副本部長になるケースが少なくないんです。実際に指揮しているのは仁志村署長でしょう」

「高頭さんは仁志村署長が事件を解決に導いてくれるとお考えなんですか」

「空港警察署長に着任して約半年。その間、仁志村署長はただ署長室でふんぞり返っているだけでしたか」

ふんぞり返るどころか仁志村は事ある毎に現場に足を踏み入れ、犯人たちを逮捕していた。咲良は部外者ながら、警察署長が取るべき行動とは到底思えなかった。

「以前わたしが、彼が県警本部時代には『鬼村』と恐れられていた過去や、人嫌いで酷薄で唯我独尊だと話したことを憶《おぼ》えていますか」

「しっかりと。でも仁志村署長はとても有能な警察官だと認識を新たにしていました」

「人嫌いも酷薄も唯我独尊も性格を表す言葉です」

どこか弁解じみた口調だった。

「性格に難があるのは確かでしたけど、わたしたちが恐れたのはそこじゃない。特筆すべきは彼の捜査能力と、何より犯罪者を憎む気持ちでした」

「犯罪を憎むのはお巡りさん全員の共通点じゃないんですか」

「憎むのは犯罪であって犯罪者じゃありません。仁志村署長は犯罪者そのものを憎んでいるんですよ」

指摘されると、仁志村が犯人と対峙《たいじ》した時の光景が甦《よみがえ》ってきた。言われる通り犯人に同情する素振りは全くなく、むしろ死者に鞭《む ち》打つような態度が目についた。

「テロリストには一切の人権がない、と公言する人でしたからね。とにかく犯人を逮捕するためなら手段を選ぶ人じゃなかった。喩《たと》えれば犯人一人を追い詰めるのにF‐15戦闘機を投入するような捜査をしていました」

冴子流の冗談かと思ったが、彼女の目は真剣だった。

「明らかに行き過ぎた捜査もありましたが、それ以上の成果を挙げていたので上層部は不問に付していたんです。彼はそういう手法で署長に上り詰めた人なんです」

「あまりエリートという感じじゃありませんね」

「テロリストに人権はないと公言する人間が、相応の指揮権を手にして本物のテロリストと対決したらどうなるか。目には目をじゃないけれど、今回のような事件には仁志村署長の特性が功を奏すると思います」

嘘が下手なのだろう。楽観的と言いながらも冴子の物言いには不安が隠しきれていない。目的のためなら手段を選ばない者が指揮を執れば、事態は最悪の結末を迎える可能性も十二分に秘めている。敢《あ》えてその可能性に触れなかったのは咲良に対する気遣いに相違なかった。

苦しい時の神頼みと呆《あき》れられるのを承知で咲良は祈る。

成田山《なりたさん》の仏様、どうか助けてください。

4

深夜零時を過ぎ、柘植たちが指定してきた約束の期限まであと六時間を切った。

伊庭は第2ターミナルの詰所に待機していた。占拠されたランプセントラルタワーは機動隊が周囲を取り囲み、関係者も出入りできなくなっている。今は外部から洩れ聞こえてくる断片的な情報を拾い集めるのが精一杯だった。

この数時間、仁志村は詰所を出たり入ったりで気忙《きぜわ》しい。各方面に指示を出しているようだが、伊庭に情報を下ろしていないので詳細は全く摑《つか》めていない。事態がここまで拡大してしまえば、いち管制官でしかない伊庭が蚊帳《かや》の外に置かれるのは致し方ないことだ。

だが人質にされている倉間とJL6000便の乗客乗員のことを考えれば、居ても立ってもいられなくなる。実際心身が落ち着かず、立ったり座ったりを繰り返している。食事やトイレなど最低限の考慮をしてほしいと犯人側に申し入れたものの、午前六時までなら堪《た》えられるだろうとけんもほろろの返答だったという。

ランプセントラルタワーの占拠はＪＬ６０００便ハイジャック事件とワンセットで報道されていた。かつてない大事件にマスコミ各社は色めき立ったが規制線の中には入れず、空港上空にヘリコプターを飛ばすことも禁止されているためか、報道の内容も事件の説明に終始していた。もっとも占拠犯の要求は既に公表されており、誰も新管制塔に突っ込んでくる旅客機の巻き添えになりたくはないだろう。

詰所の中に設置されたテレビは、どのチャンネルも成田空港のニュースで持ちきりだった。各ターミナルから避難してくる関係者を捕まえて、何とか情報を引き出そうとしている。

『空港関係者の方ですよね。新管制塔の占拠とハイジャックについて、どんな対応がされているのですか』

『すみません、ちょっと通してください』

『その制服、ＧＳの制服ですよね。着替える余裕もなかったという訳でしょうか』

『通してください』

『県警本部の避難誘導で混乱は生じませんでしたか』

『すみません、何も話すなと言われているんです』

『それは空港事務所からの箝口令《かんこう》という意味でしょうか。それとも警察から口止めされているんでしょうか』

女性職員が言葉に詰まると、近くにいた上司らしき男が割って入った。

『すみません。急いでいるので』

『あなたも空港職員ですよね。せめて現状がどうなっているかご説明をお願いします』

『止められています。退《ど》いてください』

『避難誘導の際に現状報告がありましたよね』

『何でそんなことを、いちいちあなたたちに教えなければならないのですか』

『成田空港は国民の財産です。ですから国民には当然知る権利があって』

『空港の所有者は成田国際空港株式会社です。仮に国民の財産であっても、起こっていること全てをお話しする義務はない』

『いや、わたしたちには国民に伝える義務が』

『空港にも徒《いたずら》に皆さんの不安を煽らないようにする義務があります。質問は全て空港事務所の広報を通してください。報道各社にも、その点はお伝えしているはずです』

『しかしですね、ハイジャックされた旅客機の乗客のご家族が心配されていると思うんです。いや、ご家族だけではなく国民全員がですね』

『心配されているのでしたら、どうか祈ってください』

『それはちょっと無責任じゃありませんか』

途端に男性職員は顔色を変えた。

『わたしたちのどこが無責任だ。安全地帯でのうのうとしている人間が勝手なことを言わないでください』

よくぞ言ってくれた。伊庭は思わず両手を握り締める。空港そのものを人質にされた職員の気持ちは職員にしか分からないだろう。

腹立ち紛れに他のチャンネルに替えてみたが、どの局のニュースもおしなべて似通った対応に終始していた。事件が大規模にも拘らず集まる情報が圧倒的に少ないことが各局の焦りを招いているのは想像に難くない。ある局などはネタに窮してか小山内機長のプロフィール紹介に多くの時間を割いていた。

伊庭はひどく居心地の悪さを感じていた。モニターの中の光景と自分の立っている場所は地続きのはずなのに、まるで別世界の話を見聞きしているような違和感がある。

じりじりすること一時間あまり、ようやく仁志村が現れた。

「現場はどうなっているんですか」

訊かずにはいられなかった。ところが仁志村は落ち着いたもので、焦りの色は微塵《みじん》もない。

「どうにもなっていませんよ。依然として膠着《こうちゃく》状態です。犯人側もＪＬ６０００便が到着しないことにはどうしようもない。日本政府が早々に回答するとは思っていないでしょうね」

「政府が要求を呑《の》むと考えているんでしょうか」

「その昔、テロリストの要求に屈した過去がありますからね。半世紀も経って各国のテロリスト対策が強硬になったとは言え、こうした事件を発案する者は過去の成功例に縋りつくものです。乗客乗員と管制官を人質に取っていますから、強気に出ているのですよ」

「それにしても差し入れくらいは要求してくると思っていましたがね」

「午前六時までに解決すると信じているからこそ、最初から長期に亘《わた》って籠城《ろうじょう》するつもりがないのでしょう。もしくは厳しい条件に自らを追い込んで鼓舞しているのか。いずれにしても悲観することじゃありません」

「何故ですか」

「食事も摂《と》らず、あんな狭い空間で半日も籠城するんです。勝算があったとしても不安はあるでしょうし、苛立ちも募る。落ち着く間もないから不測の事態が生じた場合に対応が遅れる。こちら側には都合のいい展開です」

「ちょっと待ってください。今、不測の事態と言いましたよね。まさか強行突入でもしようっていうんですか」

「当初より強行突入の可能性は検討されています。要は損失が何パーセントかの問題だけです」

損失と聞いて胸糞《むなくそ》が悪くなった。人命と設備を同列に捉えた言葉だからだ。

「強行突入して犯人を制圧したとして何人の人的損害が生じるのか。この人的損害には女性管制官以外に、作戦に参加した隊員も数に含まれます。残酷な言い方をすれば人質一人が死亡しても、それで新管制塔を奪還できれば機動隊は何の躊躇もなく突入を試みるでしょう。それをしないのは旅客機の乗客乗員ならびに空港施設が人質に加えられているからです。その意味で、今回の犯人は非常に狡猾《こうかつ》と言えます」

「対策本部は打つ手がないんですか」

挑発気味に問い掛けてみると、仁志村はそうでもないと言うように首を横に振った。

「今、県警の警備部長にある人物の行方を追ってもらっています。その人物の身柄が確保できれば光明が見えてきます」

「誰なんですか、その人物は」

「柘植と肥田の精神的支柱と思われる人物。対策本部の席上でお話ししたと思いますが、左翼系活動家の中に地権者の長男を名乗り空港建設阻止から国家転覆にまで思想を尖鋭化させた人物ですよ。既に氏名は判明しています。檜山哲士《ひやまてつし》七十九歳。ただし住まいはまだ摑めていません」

「柘植と肥田はしばらく彼と行動をともにしていたが、現在は離れているということでしたね。今でも二人の精神的支柱になっているんでしょうか」

「それは本人の身柄を確保した上で、二人の反応を見るまで分かりませんね」

どこか無責任さを感じさせる物言いにむっとしたが、こちらが抗議の声を上げる前に仁志村が意味ありげに薄く笑う。

「もちろん、そんな丁半博打《ばくち》みたいなものに頼るつもりはありません」

「まだ他に手立てがあるという言い方ですね」

「ハイジャックに新管制塔の占拠。相手は二つも大きな手を繰り出してきた。だったら、こちらも対抗手段を複数考えるのが当然ですよ」

仁志村は事もなげに言う。だが彼の自信が何に起因するのか分からないので、伊庭の不安は少しも減衰しなかった。

その時、ドアを開けて警官が入ってきた。

「署長。諸見里さんがたった今、到着しました」

何だって。

伊庭は思わず腰を浮かしかける。

「通せ」

「仁志村署長、諸見里さんって」

「ええ、本物の諸見里秀雄さんと良樹さんですよ」

やがておどおどと入室してきた秀雄と良樹は仁志村たちの前で深く低頭した。

「この度はウチの馬鹿息子が空港と警察にどえらい迷惑をかけちまって」

「本当に申し訳ありませんっ」

今にも土下座しそうな二人を見ていると、柘植と肥田の演技が下手であったのが分かる。身内が不始末をしでかした家族の反応は、これほどまでに切羽詰まったものなのだ。

「折角、温泉地でゆっくりされているところをすみませんね」

社交辞令に過ぎないのだろうが、仁志村の口から発せられると悪意のこもった皮肉にしか聞こえない。実際、秀雄と良樹は更に萎縮《いしゅく》したようだった。

「先代名義の土地を空港公団に収用されて、今は習志野にお住まいでしたね。茂さんはそのことについて日頃から不満を持っていましたか」

「不満はあったと思います」

秀雄は絞り出すように言う。

「アレは爺《じい》ちゃん子で、よく可愛がられもしましたから、爺ちゃんが話す恨み辛《つら》みを子守歌代わりにしておりました。わたしや良樹は習志野に移り住んでからの方が長いので、爺ちゃんほど元の土地に執着はないのですが」

「俺は爺ちゃんとそれほど仲がよくなかったから洗脳されずに済みました。だけど茂は完全にやられちゃったんです」

「先代の妄執かそれとも本人の思想信条なのか、いずれにしても大変なことをしてくれたものです」

仁志村は諸見里の家族に容赦なかった。

「詳細はお聞きだと思いますが、あなたの息子さんは旅客機の乗客乗員の命と成田空港の全設備を葬ろうとしている。テロにしても悪質極まりなく被害規模も甚大、まさに戦争レベルの犯罪です。このままテロ計画が遂行されれば、彼は全国民の怨嗟《えんさ》の声を浴びながら地獄に落ちる」

「そんな」

「茂の刑を何とか軽くしてやる方法はないでしょうか」

「あれば何なりと言ってください。必ず従わせますんで」

二人が懇願する姿は見ていて痛々しかった。

「本当に何でもやってもらえますか」

仁志村は二人の平身低頭につけ込むように言う。

「もちろんです。あのバカ息子を助けていただけるのなら家と土地を手放したって構いません」

先祖から受け継いだ土地を空港用地として収用されたのに、今また次男の不始末で代替土地を取り上げられてもいいと言う。つくづく不幸な家族だと、伊庭は同情する。

「そうですか。ではは別室にて待機していてください。お二人とも少し仮眠を取られた方がいいでしょう」

　秀雄と良樹が退出すると、仁志村は首を回し始めた。今から戦闘開始とでもいうような仕草だった。

「あの二人に何をさせようって言うんですか」

「伊庭さんが考えたことと同じですよ。二人には諸見里茂の説得を試みてもらいます」

　仁志村がそんなありきたりな手段を取るのかと、つい疑念を抱く。

「本人が説得に応じると思いますか」

「やり方次第ですよ。あなたの採った方法は真っ当と言えば真っ当なのですけれどね」


　午前四時を過ぎた頃、詰所に新たな訪問者が現れた。総勢五名、それぞれ柘植と肥田の家族だという。柘植家は本人の妻と娘、肥田家は両親と妹が呼ばれてきたらしい。

　彼らの反応は諸見里家のそれと非常に似通っていた。或《あ》る者は狼狽《うろた》え、或る者は泣き叫び、そして或る者は本人に対して激昂《げきこう》した。

　両家とも空港の土地収用には何ら関係がなく、従って柘植由高と肥田三峰の起こした行動は寝耳に水だったと訴えた。

「籠城なんて、そんな大それたことのできる子じゃありません。きっと誰かに唆されたに決まっています。人を疑うことを知らないんです」

「ウチの父親もそうです」

「皆さん、少し落ち着いてください」

仁志村は両家族全員をその場に座らせた。

「最初に確認します。二人の知り合いに檜山哲士なる人物はいませんか。あるいは名前を聞いたことは」

全員が首を横に振った。

「次に、二人に対して不審な荷物が届けられたことはありませんか」

この質問には反応があった。柘植の妻と肥田の母親が、それぞれ覚えのない郵送物を受け取ったと証言したのだ。

「一カ月前、人の頭くらいの段ボール箱が届いたんです。差出人は檜山ではなかったのですけど、わたしの知らない名前の人でした」

おそらく中身は、占拠に使用された3Dプリンターから出力された拳銃と木製ナイフだろう。

「二人が起こした犯罪行為については充分に説明を受けられたと存じます。日本犯罪史上、稀《まれ》に見る卑劣で悪質な犯罪です。見方によっては国家転覆を図ったもので、殺人や放火よりも重罪です。警察としては甚だ厳しい態度でこれに臨まねばなりません。ご家族には酷ですが、最悪の状況を覚悟していただくことになります」

仁志村はひどく冷厳な口調で宣告する。伊庭の考えでは、これも仁志村の計算だ。案の定、柘植と肥田の家族は一層追い詰められ、身も世もなく狼狽する。

「二人の刑を軽減させるには被害を最小に止《とど》めなければなりません。そのためにご協力いただきます」

もはや両家族は仁志村の言いなりだった。こくこくと何度も頷き、唯々諾々と従っている。

両家族もまた別室で待機を命じられて退室した。後に残された伊庭は容疑者家族の悲嘆を浴び続けて、すっかり気分が沈んでいた。

「どうかしましたか、伊庭さん」

「いや、ご家族の話を聞く限り、諸見里も柘植も肥田も普通の純な人間のような気がして。どうも、こんな大それた事件を起こすとは信じ難いです」

「早くも犯人に同情ですか」

仁志村は冷ややかに言い放つ。

「純な人間とは言い得て妙ですね。確かに三人とも家族の証言から窺える人物像は純粋な性格のようですが、警察官として言わせてもらえば純粋な人間ほどタチの悪いものはない。たった一つの考えを盲信し、それ以外は間違いや陰謀だと決めつけて聞く耳も持とうとしない。自分が間違っているとか知識が足りないとかは一ミリも考えない。インチキな宗教や碌《ろく》でもない思想に引っ掛かるのは大抵そういう者たちです。要するにただの馬鹿なんですよ。騙《だま》されるまでは被害者ですが、それを他人に押し付けようとした時点で立派な加害者です」

いささか独断的な物言いに圧倒されるが、諸見里や柘植や肥田という実物に苦しめられている現状では何も言い返せない。

いや、今そんなことは大した問題ではない。

こうしている間にも約束の刻限とＪＬ６０００便が迫ってきているのだ。

伊庭は詰所の中で叫び出したい衝動に駆られる。

午前五時三十分、相変わらずランプセントラルタワーの周囲は捜査員と機動隊員たちに包囲されていた。時折定時連絡が洩れる以外は誰も声を発せず、大きな物音もしない。通常であれば朝の便でざわめく各ターミナルも不気味に静まり返っている。

伊庭はその光景を遠くから眺めながら不安と恐怖が高まっていくのを自覚していた。容疑者たちの家族を集めて彼らを説得しようとする試みも、詳細なスケジュールは聞かされていない。

仁志村によれば、日本政府は事件の推移を注視しながら、テロリストとは一切交渉しないという姿勢を貫いている。言い換えれば旅客機の乗客乗員を犠牲にしてでも、反テロ国家の体裁を維持したいという意向なのだ。そうなると県警の出方は自《おの》ずと明らかで、中央運用室への強行突入しかない。協議されるとしたら突入の是非ではなく、あくまでもタイミングのみということになる。

倉間の命は国家の体裁の前に踏みにじられる。そのさまを想像するだけで胸が潰《つぶ》れそうだった。

自分にできることと言えば現場の指揮権を握っている仁志村を説得し、何とか倉間の身の安全を確保してもらうことぐらいしかない。

詰所で所在なげに待っていると、ようやく仁志村が現れた。

「仁志村署長、実はたってのお願いがあります」

「倉間主任管制官の身の安全についてですか」

機先を制されて、なかなか二の句が継げなかった。

「あなたが今、一番願っているのは彼女の安全でしょうからね。しかし、機動隊の強行突入に関しては志度警備部長が最終判断を下します。命令に抵抗するには相応の理由が必要ですが、伊庭さんには無理でしょう」

仁志村は詰所に設置されているモニターの画面を切り替えた。今までニュース番組を映し出していたモニターが、今はどこかの部屋の内部と中央運用室を外から捉えた二分割画面に替わった。

部屋の内装を見た伊庭は、あっと思った。

「これ、新管制塔のブリーフィングルームじゃないですか」

「ええ、室内のカメラをこちらに繋《つな》ぎました。中央運用室の様子は望遠で捉えているので中の様子も一目瞭然《りょうぜん》です」

言われてみれば、中央運用室の中で人影らしきものが動いているのが見える。高精細にすれば人相も判別できるだろう。

「今しがた空自から連絡が入りJL6000便が空港から百キロ内に進入したとのことです」

旅客機の着陸時の時速は約二百五十キロメートルだから、あと二十分余りで成田空港に到着する計算になる。

「そろそろ犯人側が痺《しび》れを切らす頃です。同時に我々も最終行動に移ります。伊庭さんはこの場で推移を見守っていてください」

「いや、わたしも是非現場に」

「駄目です」

仁志村はにべもなく答える。

「あなたは関係者であっても、事件については既に部外者です。交渉の場に立ち入らせる訳にはいきません。お気の毒ですが」

「しかし」

「別の管制官から無線機をお借りしました。柘植との交渉には、その無線機を使用します。くれぐれも会話に割り込まないようにお願いします」

言い残すと、仁志村は伊庭を置き去りにして出ていってしまった。まさか追いかける訳にもいかず、伊庭は力なく椅子に腰を下ろす。

無人の室内と中央運用室が映るモニターに視線を移す。中央運用室の様子を捕捉《ほそく》するのはともかく、何の理由でブリーフィングルームを映しているのか気になった。

ほどなくして画面に動きがあった。ブリーフィングルームに仁志村と容疑者家族が入ってきたのだ。

瞬間、血の気が失せた。ブリーフィングルームは新管制塔の一階部分に位置している。一応耐震構造にはなっているがJL6000便のような大型旅客機が突っ込んできたらひとたまりもない。

いったい何をするつもりだ。

画面の中で仁志村が家族に説明を始めた。

『わたしのスマホで諸見里茂くんと、この無線機では柘植さん肥田さんと話すことができます。今からご家族で三人を説得してください』

早速、スマートフォンを受け取った諸見里秀雄が息子を呼び出した。

『もしもし、茂か。俺だ』

『父ちゃん。何でこんな時に電話してきたんだ』

『今な、兄ちゃんと一緒に成田空港のランプセントラルタワーから電話している』

その刹那《せつな》、仁志村の計略を悟った伊庭は軽い眩暈《めまい》を覚えた。

何と、容疑者家族を新管制塔に集めることで人質にしようとしているのだ。JL6000便が突っ込めば乗客乗員はもちろんだが、自分たちの家族もただでは済まない。恐喝してくる相手を同じ条件で脅しているのだ。

目には目を、人質には人質を。確かに効果的かもしれないが非合法に過ぎる。何よりまともな警察官の考えることではない。今度こそ伊庭は仁志村に恐怖した。

予想通り、茂の声は上擦っていた。

『警察が、そんな、無茶な真似をするなんて』

『諸見里茂さん、替わりました。わたしは空港警察署の仁志村です。今ならまだ間に合います。新管制塔への突入を思い止まり、武器を捨てて投降してください』

『いや、でも』

『中央運用室を占拠しているメンバーとも、目下交渉中です』

仁志村が合図をすると、今度は柘植の娘が無線機に向かって説得を始めた。

『父ちゃん、いったい何してんのよっ』

『お、お前、佳奈《かな》か。どうしてこの無線機を使ってんだ』

『父ちゃんを説得するために母ちゃんと一緒に呼ばれたんだよ。今、ランプセントラルタワーの一階にいる』

『何だって』

柘植の声も上擦っていた。テロリストが一人の父親に戻った瞬間だった。

それからは家族による説得が延々と続けられた。相手を叱る者、泣き落としにかかる者、懐柔しようとする者さまざまだったが、三人の反応が徐々に軟化していくのが分かった。

ひと通り家族からの説得が済むと、仁志村はスマートフォンと無線機を目の前に置いた。

『JL6000便の諸見里茂さん、そして中央運用室の柘植由高さんと肥田三峰さん。今お聞きの通りです。まだ間に合います。全員、武器を捨てて投降してください』

『誰が信じるものかよ』

柘植が疑わしそうな声で反論する。

『どうせ芝居だ。こちらからは見えないのをいいことに、どこか離れた場所から電話しているに決まっている』

『無線機には通信距離というものがあります』

『けっ、選《よ》りに選って警察がそんな無茶な真似をするもんか。交渉決裂だ、切るぞ』

咄嗟《とっさ》に伊庭は自分の無線機の通話ボタンを押した。

「柘植さん、切るな」

『あんた、誰だ。急に割り込んできて』

「憶《おぼ》えていますか。主幹管制官の伊庭です」

『ああ、あんたか』

「柘植さん、仁志村署長のしていることは本当だ。あなたたちの家族をランプセントラルタワー一階のブリーフィングルームに集めている。わたしは別室から彼らの様子を見ている」

『そんな、まさか』

「正気の沙汰《さた》じゃないと、わたしも思っている。だが仁志村署長は本気だ。本気であなたたちの家族を巻き添えにしようとしている」

『嘘だろ』

これは茂の声だ。

「嘘じゃない。人質対人質。まともな人間なら発想さえしない。しかし、この一日で思い知らされた。仁志村署長というのはそういう人なんです」

無線機の向こう側で柘植たちが押し黙る。沈黙が続いた後に、仁志村が何事もなかったかのように話し出す。

『現状がお分かりいただけましたか』

『クソッタレ』

『この際ですから申し上げますが、あなたたちはどこまで檜山哲士氏のことをご存じなんですか』

柘植の返事が一拍遅れる。

『ふん、調べりゃすぐ分かるか。俺たちの指導者だよ』

『檜山哲士が通り名であり、外国籍であるのも知っていますか』

『何だって』

『公安の資料によれば活動家というよりは、むしろ投資家といった側面が顕著ですね。最近は成田以外の空港株、つまり日本空港ビルデング株や関西エアポート株、果ては仁川《インチョン》空港株まで大量に所有しています。さて、この状況下、成田空港が数カ月から一年もの間運用停止になれば、これらの空港株がどうなるかはお分かりでしょう。ハブ空港を失い、近隣の空港株は暴騰必至、檜山氏は莫大《ばくだい》な利益を手にすることになる。そしてその利益はそのまま檜山氏の母国に送金されるという寸法です』

テロリズムと思われたが、本当はカネ目当ての犯罪に過ぎなかったのか。いや、そもそもいつの間に調べてきたのか。伊庭は開いた口が塞《ふさ》がらなかった。

『柘植さん、あなたがしていることは土地を収用された農家の恨みを晴らすことでも日本政府に鉄槌《てっつい》を下すことでも何でもない。ただ同胞を巻き添えにして外国人が金を稼ぐ手助けをしているだけだ。そして、その汚名はここにいるあなたたちの家族全員が将来に亘って延々と背負い続けることになる。何一つ報われるものはない。あなたたちは檜山に騙された捨て駒なんだ』

相手はしばらく何も言わなかったが、仁志村の言葉が深く刺さっているのは伊庭にも察しがついた。

数分とも思える沈黙の後、柘植が掠《かす》れた声で返してきた。

『俺たちはどうすればいい』

『何もしないでほしい。とにかく武器を手放し、無抵抗でいること。そうすれば手荒には扱わない』

『分かった』

『そこにいる倉間主任管制官に替わってください』

『倉間です』

彼女の声をモニター越しに聞いた時、肩の力が抜けた。

『お怪我はありませんか。ちゃんと話せますか』

『はい、大丈夫です』

『その場にいる者でＪＬ６０００便を誘導できるのは主任管制官のあなただけです。直ちに小山内機長とコンタクトを取り、機を無事に着陸させてください』

思わず再度割り込んでしまった。

「伊庭です」

『主幹』

「一人でいけるか」

『大丈夫です』

「叱られるかもしれないが言っておく。その場に残された管制官が君でよかった」

一拍後、『了解』という声が返ってきた。


この後についてはあまり語ることがない。ハイジャック犯の管理下から逃れたＪＬ６０００便は成田空港に帰還し、無事に着陸した。乗客乗員に大きな怪我をした者はなく、諸見里茂は待機していた機動隊員に無抵抗のまま捕縛された。中央運用室も同様で、解錠されたドアから突入した隊員たちにより柘植と肥田両名は身柄を確保、倉間は無事に保護された。

ただし収まらなかったのは伊庭だ。仁志村が詰所に戻ってくるなり、彼の襟首を摑み上げた。

「いきなり乱暴ですね」

「黙れ。よくもあんな危険な真似を。交渉が決裂したら彼らの家族も巻き込む結果になったんだぞ」

「あなたが騙されやすい人で助かった」

「貴様、もう一度言ってみろ」

「モニターに映し出されたのが本物のブリーフィングルームと早合点してくれて助かったと言っているんです」

「え」

意表を突く言葉に、襟首を摑む手が緩んだ。

「柘植と肥田の家族、そしてわたしは空港警察の本部にいました。会議室の一つを即席でブリーフィングルームに偽装したんです。画像の粗いモニターだったから上手く騙せたでしょう」

「彼らを人質にしたんじゃなかったんですか」

「柘植たちに思い込ませさえすれば、それでよかった。だから両家族は安全地帯に置いておいたんです」

家族たちを人質に利用したとなれば、事件が解決した後も空港警察の責任が追及される。その程度の常識は持ち合わせていたという訳か。

「しかし、どうしてそんな手の込んだ真似をしたんですか。向こうにこちらの姿は見えないのだから、わざわざ偽のブリーフィングルームを用意する必要なんてなかったでしょう」

「柘植たちを信用させるためにはギャラリーの証言が要ったんです。あなたが切羽詰まった声を上げれば柘植たちもフェイクを信用せざるを得ない。あなたの素直さを最大限に利用させていただきました」

説明を聞いて義憤は収まったものの、今度は別の怒りが募ってきた。

「あなたみたいな警察官は見たことも聞いたこともない」

「わたしもです」

「ひどい人だ」

「否定しません。何しろ以前の部下から、犯人を逮捕するためなら手段を選ぶ人間じゃないと罵《ののし》られた男ですから」

仁志村は穏和な笑みを浮かべた。

初出　「小説 野性時代」二〇二二年十二月号〜二〇二三年九月号

この物語はフィクションであり、実在の個人、団体とは一切関係ありません。

中山七里（なかやま　しちり）
1961年、岐阜県生まれ。2009年「さよならドビュッシー」で第８回『このミステリーがすごい！』大賞を受賞し、翌10年にデビュー。同作は映画化されベストセラーとなる。緻密に練り上げられたストーリーと意外性のあるラストで人気を博し「どんでん返しの帝王」の異名を持つ。「刑事犬養隼人」シリーズ、「御子柴礼司」シリーズ等人気シリーズ多数。著書に『殺戮の狂詩曲』『能面検事の死闘』『いまこそガーシュウィン』などがある。

こちら空港警察《くうこうけいさつ》

2023年11月14日　初版発行
2024年２月20日　再版発行

著者／中山七里《なかやましちり》

発行者／山下直久

発行／株式会社KADOKAWA
〒102-8177　東京都千代田区富士見2-13-3
電話　0570-002-301（ナビダイヤル）

印刷所／旭印刷株式会社

製本所／本間製本株式会社

●お問い合わせ
https://www.kadokawa.co.jp/（「お問い合わせ」へお進みください）
※内容によっては、お答えできない場合があります。
※サポートは日本国内のみとさせていただきます。
※Japanese text only

定価はカバーに表示してあります。

ISBN 978-4-04-113307-1　C0093